SANCTUARY
Ryoichi Ikegami
Sho Fumimura
2
兜
KABUTO

SANCTUARY Vol. 2 by IKEGAMI Ryoichi & FUMIMURA Sho

Original Japanese edition published in 1991
by Shogakukan Inc., Tokyo
French translation rights arranged with Shogakukan Inc.
through The Kashima Agency

ISBN 2-7523-0002-6
Dépôt légal Mars 2004

Traduction : Sébastien Bigini
Adaptation graphique : N. Seebacher

chapitre 11 : FRICTIONS

TOKYO WORLD

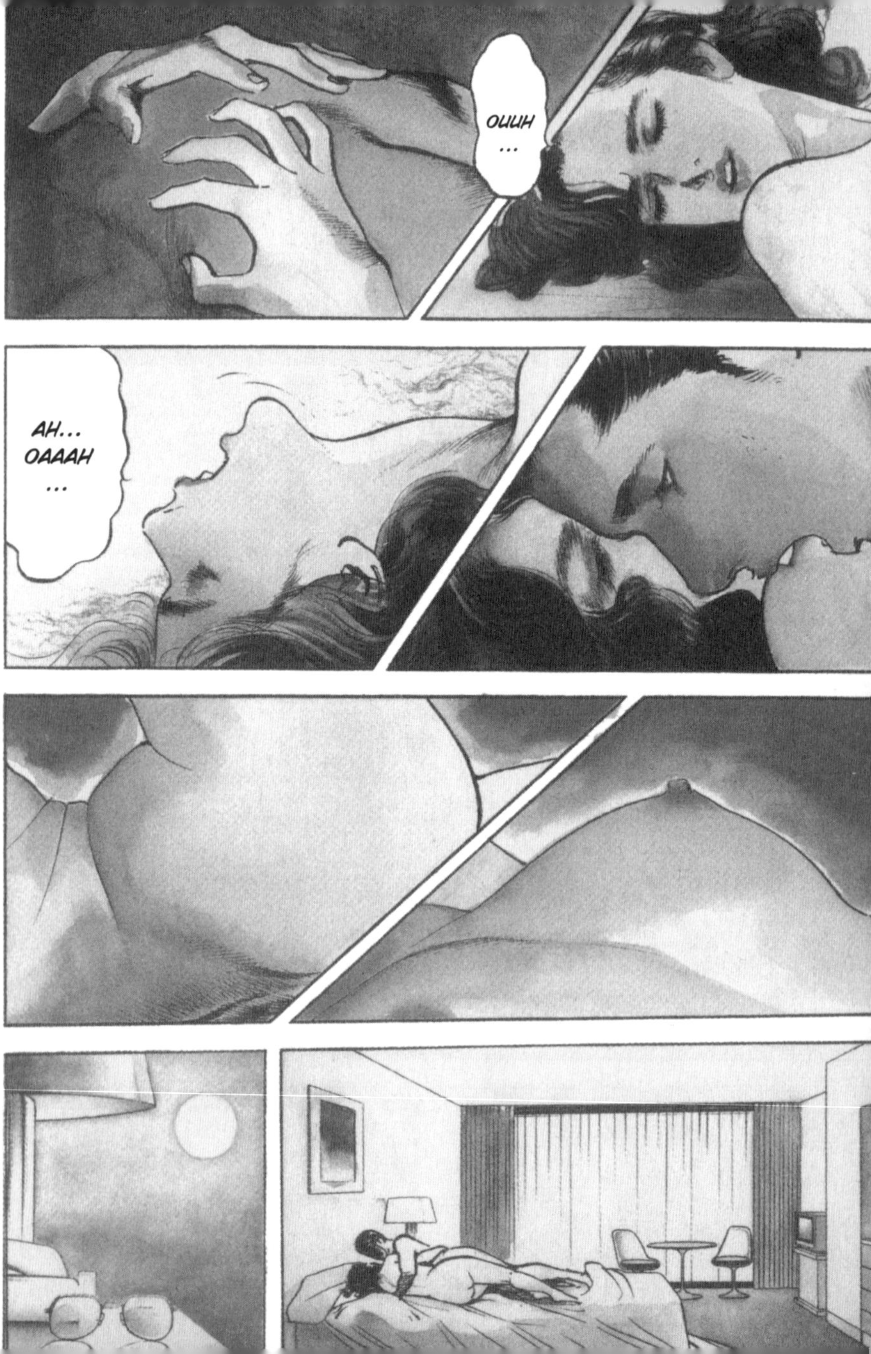
OUUH ...
AH... OAAAH ...

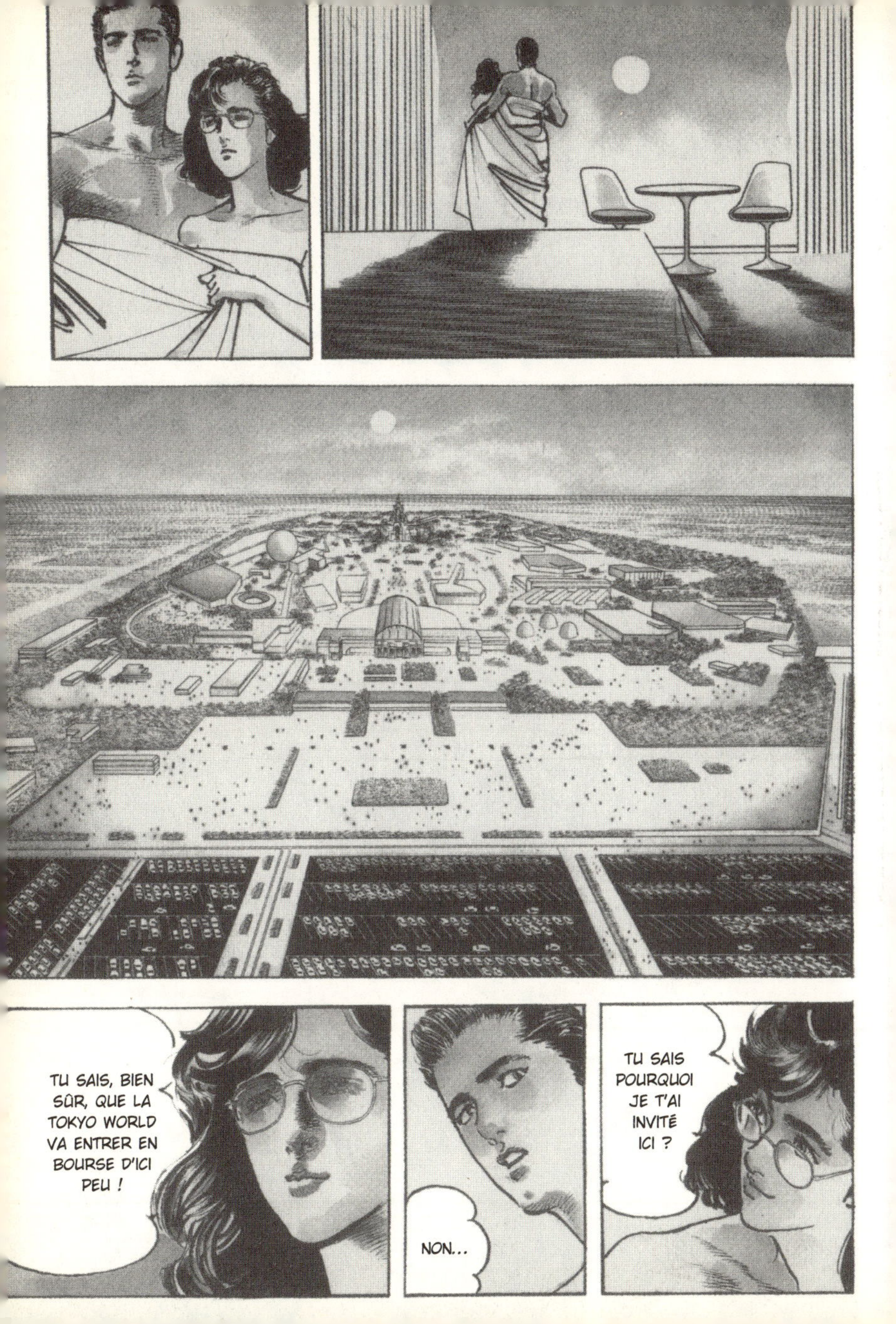
TU SAIS, BIEN SÛR, QUE LA TOKYO WORLD VA ENTRER EN BOURSE D'ICI PEU !
NON...
TU SAIS POURQUOI JE T'AI INVITÉ ICI ?

AH ?
TU DEVRAIS RASSEMBLER TOUT L'ARGENT QUE TU PEUX ET ACHETER DES ACTIONS DE CETTE ENTREPRISE.
OUI...
DANS LES SEMAINES QUI VONT SUIVRE LA COTATION, ILS VONT BÂTIR UN QUARTIER RÉSIDENTIEL SUR LES TERRAINS DE CETTE AIRE DE JEU.
LE PERMIS DE CONSTRUIRE EST SUR LE POINT D'ÊTRE DÉLIVRÉ.
LA VALEUR DU TERRAIN VA MONTER EN FLÈCHE ET LE PATRIMOINE DE TOKYO WORLD VA DÉCUPLER...
UN QUARTIER RÉSIDEN-TIEL ?

JE TIENS CES INFORMATIONS DE SOURCE SÛRE.
...
EN UN INSTANT, LA VALEUR DES ACTIONS VA TRIPLER.
ET COMMENT DOIS-JE TE REMERCIER POUR CE TUYAU ?
PAS MAL, OUI...
ALORS ? TU ES TENTÉ ?
ON REMET ÇA, ENCORE UNE FOIS ...

CETTE INFO NE ME SERVIRA À RIEN SI JE FINIS MAL...
TOUT DÉPEND MAINTENANT DE L'ATTITUDE DE TOKAI.

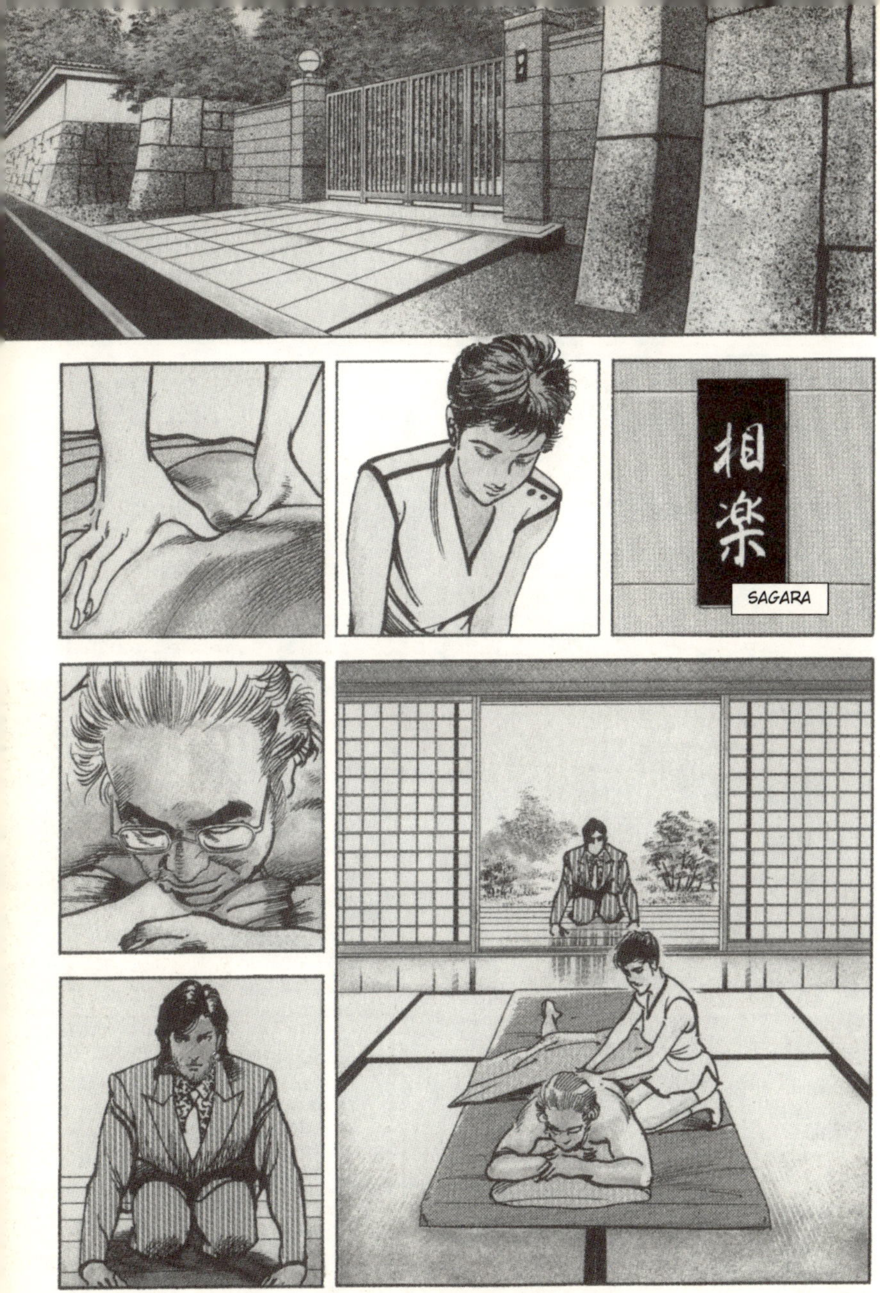
相楽
SAGARA

J'AI SU QUE VOUS ÉTIEZ DE RETOUR D'UN VOYAGE À L'ÉTRANGER. JE SUIS VENU VOUS PRÉSENTER MES RESPECTS.
TU ES DONC SORTI...
FWUP
TU Y AS PASSÉ COMBIEN DE TEMPS ?...
UN AN ET DEUX MOIS...
QUEL GÂCHIS. SI C'ÉTAIT UNE SOCIÉTÉ NORMALE, TU SERAIS VIRÉ...
SUIS L'EXEMPLE DE HOJÔ... C'EST UN CONSEIL.
L'ÉPOQUE OÙ L'ON GAGNE LE RESPECT EN PASSANT DU TEMPS À L'OMBRE EST RÉVOLUE.

SI TU NE TE SECOUES PAS LES PUCES, IL TE FAUDRA BIENTÔT LUI LÉCHER LES BOTTES.
KZUM
UTILISE TA TÊTE, POUR UNE FOIS !
...
ZUP

TOKAI ENTREPRISES
渡海興業
ドリーム
渡海組事務所
GROUPE TOKAI
PAUVRE MINABLE !!
SBONG

C'EST QUOI, ÇA, HEIN ?!
会員証書
正会員
№ 150-009
金壱阡参百萬円也
岡村良弘 殿
本証は美里ゴルフ倶楽部の規定に基き貴殿から会員の証として
上記入会保証金をお預りしました証書です
但しお預り金は10ヶ年を据置とし利子はつきません
本証書は理事会の承認を得て譲渡することができます
なお、名義書換えは別に定めた手数料をお支払い願います
平成 1年10月9日
飯田 会社
金次郎
CERTIFICAT DE PROPRIÉTÉ D'UN TERRAIN DE GOLF
UN VULGAIRE BOUT DE PAPIER !
PAF
UGH...

CE CLUB EST ENCORE EN CHANTIER, ON NE SAIT MÊME PAS QUAND IL VA OUVRIR !
JE T'AI DIT DE RAMENER DU POGNON !!
ET TOI TU TE POINTES AVEC TON CERTIFICAT DE GOLFEUR !
SHRA
PFFF ...
OUHH ....
HÉ !

KLONK
CHAPF
ET SI T'AS RIEN DANS LE SLIP NON PLUS, COURS ME TROQUER TON PAPIER À LA CON CONTRE UN OU DEUX MILLIONS DE YENS.
TU PRENDS ÇA ET TU VAS OÙ TU VEUX : BANQUE, BUREAU DE POSTE !
PUISQUE T'AS RIEN DANS LE CRÂNE, TU FAIS UN BRAQUAGE ET TU VAS LE CHERCHER LÀ OÙ IL SE TROUVE, LE CASH !
JE FILE !!
SHRRRR

* CHEF DE KUMI. LE CLAN EST SUBDIVISÉ EN PLUSIEURS KUMIS.

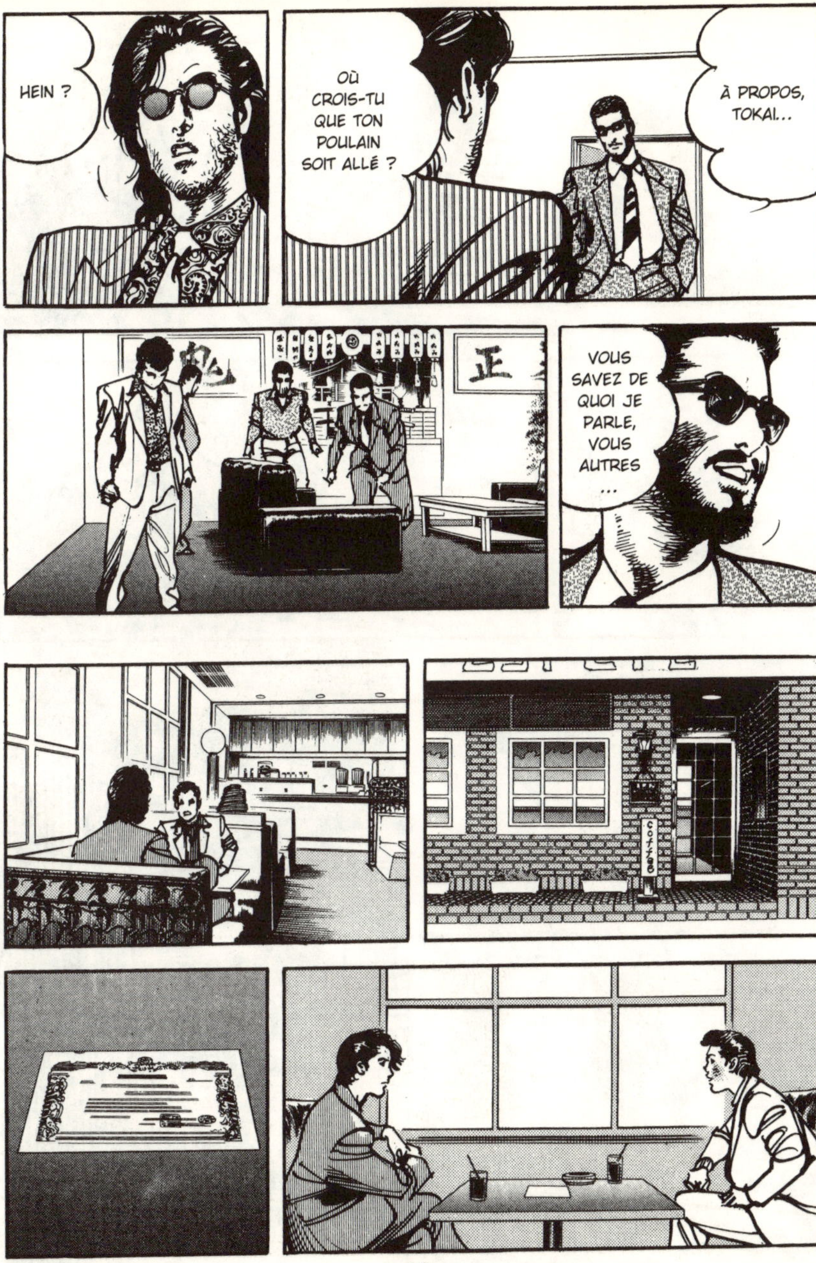
À PROPOS, TOKAI...
OÙ CROIS-TU QUE TON POULAIN SOIT ALLÉ ?
HEIN ?
VOUS SAVEZ DE QUOI JE PARLE, VOUS AUTRES ...
正
coffee

TIENS, VOILÀ UN MILLION …
ME… MERCI …
JE VOUS DOIS TANT …
ALLONS, VOYONS, CE N'EST PAS VRAI…
BON, J'EN PRENDS SOIN.
J'AIMERAIS POUVOIR TE DONNER PLUS, MAIS CE N'EST PAS FACILE POUR NOUS NON PLUS.
MAIS PAS DU TOUT…
C'EST PLUS QUE SUFFISANT …
ESPE
coffee
TA… TASHIRO !

"ALLER CHEZ HOJÔ QUAND ON EST DANS LA MERDE..." C'EST DEVENU UN RÉFLEXE POUR TES POULAINS ...
ET CE N'EST PAS TOUT...
QUAND TU ÉTAIS EN PRISON, LE GROUPE DE HOJÔ A DÉPASSÉ LE TIEN EN INFLUENCE...
.. ET L'A PORTÉ À BOUT DE BRAS.
QUOI ?
TON GROUPE PÉRICLITE ...
BAH, UN YAK QUI SE FAIT MANGER PAR UN AUTRE YAK... ON A DÉJÀ VU ÇA.
MAIS JE N'OSE PAS CROIRE QU'UN ARTISTE COMME TOI VA RESTER LES BRAS CROISÉS ?

GNNN
...

ROPPONGI POLICESTATION
六本木警察署
VOUS AVEZ VU TOKAI ?!
COMMISSAIRE ADJOINT
IL NE RESTE PLUS QU'À ATTENDRE, MAINTENANT.
KTING
JE LUI AI JUSTE FAIT UNE PIQÛRE POUR LE BOOSTER..
LA BOMBE SORT DE PRISON. SI LA MÈCHE SE MOUILLE, C'EST DOMMAGE.
...
UNE FOIS QU'ON A MIS LE FEU À TOKAI, ON NE PEUT PLUS L'ARRÊTER.

PSHHH
珈琲 マイアミ
EPS N
G-60000

HAA...
ALORS, TASHIRO ?...
HHH...
TU NE RÉPLIQUES PAS ?
HAA...
HAAA...

...
C'EST PARCE QUE JE SUIS L'ANIKI* DE TON BOSS ?
* AÎNÉ DANS LA PÈGRE JAPONAISE
BAH, TU CONNAIS LES LOIS DU MILIEU, AU MOINS ...
MAIS NE CROIS PAS QUE LES CHOSES VONT EN RESTER LÀ.
QUE ÇA SOIT CLAIR POUR HOJÔ AUSSI.
S'IL SE PERMET ENCORE DE PRENDRE SES RECRUES DANS MES RANGS...
S'IL CONTINUE À RÔDER SUR MON TERRITOIRE, JE LUI FERAI LA PEAU !!

HÉ HÉ HÉ …
HO HO HO …
MONSIEUR TOKAI…
HM ?
AUJOURD'HUI JE N'AI PAS RÉPLIQUÉ…
ZWUP
DANS CE CAS…
MAIS SI VOUS MENACEZ MON PATRON, C'EST DIFFÉRENT !
GNNN

C'EST MOI QUI VOUS FERAI LA PEAU AVANT !!!

chapitre 12 : RÊVES

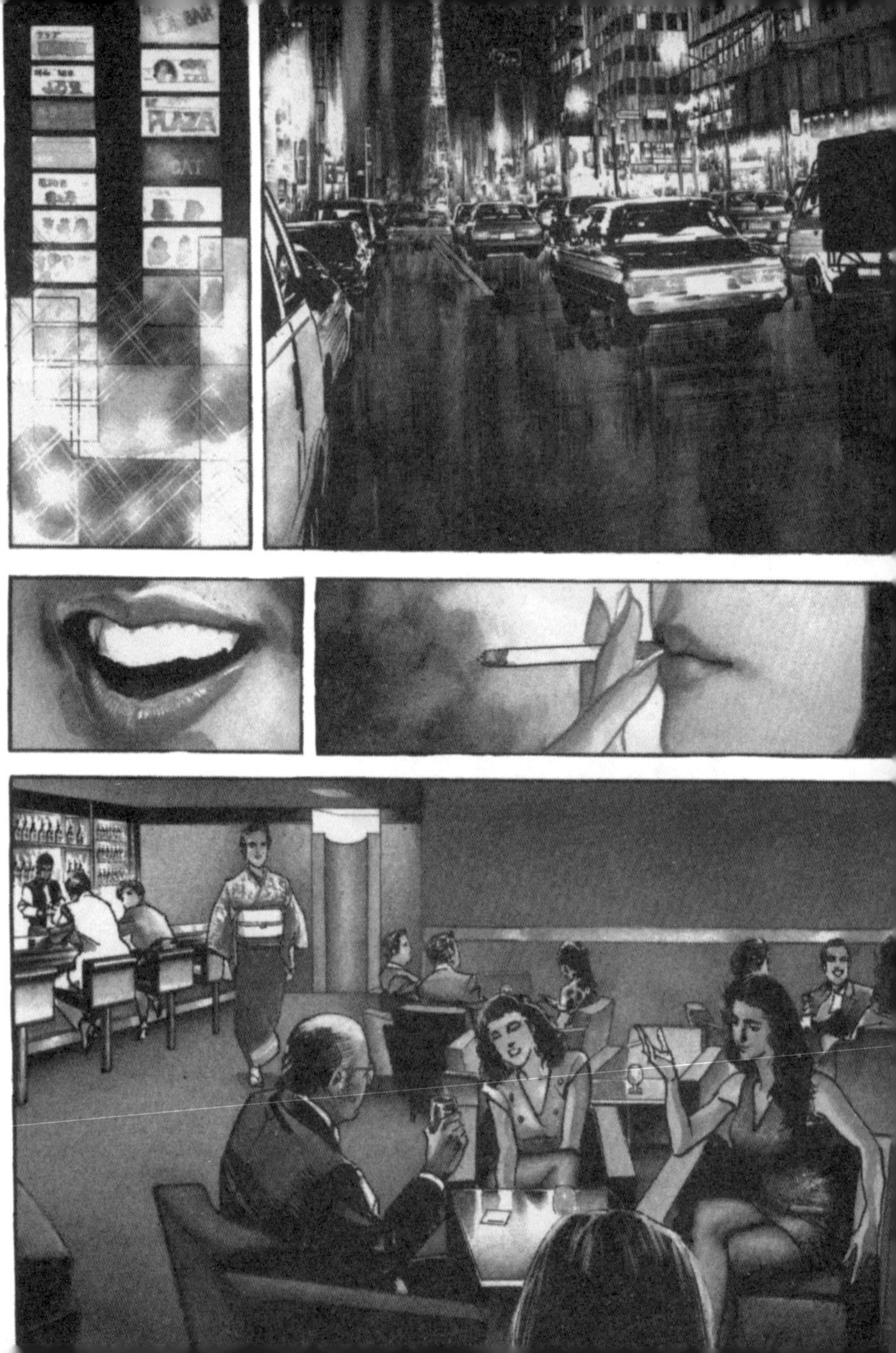
PLAZA

SCRIIITCH
OAH… NON !!

POURQUOI IL EST SURVOLTÉ COMME ÇA, TOKAI ?
JE N'Y CROIS PAS ! C'EST SON PREMIER JOUR ICI, À CETTE FILLE.
JE TE GARANTIS QUE T'AS PAS ENVIE QU'IL TE FASSE COMME À NOUS.
D'AILLEURS TU FERAIS MIEUX DE PAS TE FAIRE ENTENDRE.
LA JOURNÉE A ÉTÉ DURE...
PAF
PAF
MAIS... PUISQUE JE VOUS DIS D'ARRÊTER...

BORDEL DE MERDE ! HOJÔ ET TASHIRO M'ONT FOUTU EN ROGNE !!
GHUU... GHUU...
GHUU...
ET POURQUOI TU MOUILLES PAS, ESPÈCE DE SALOPE ?!

HUNGH ...
ÇA VA ?
OUI...
TOKAI... IL N'A PAS PERDU LA MAIN... J'AI MÊME PAS PU LE TOUCHER.

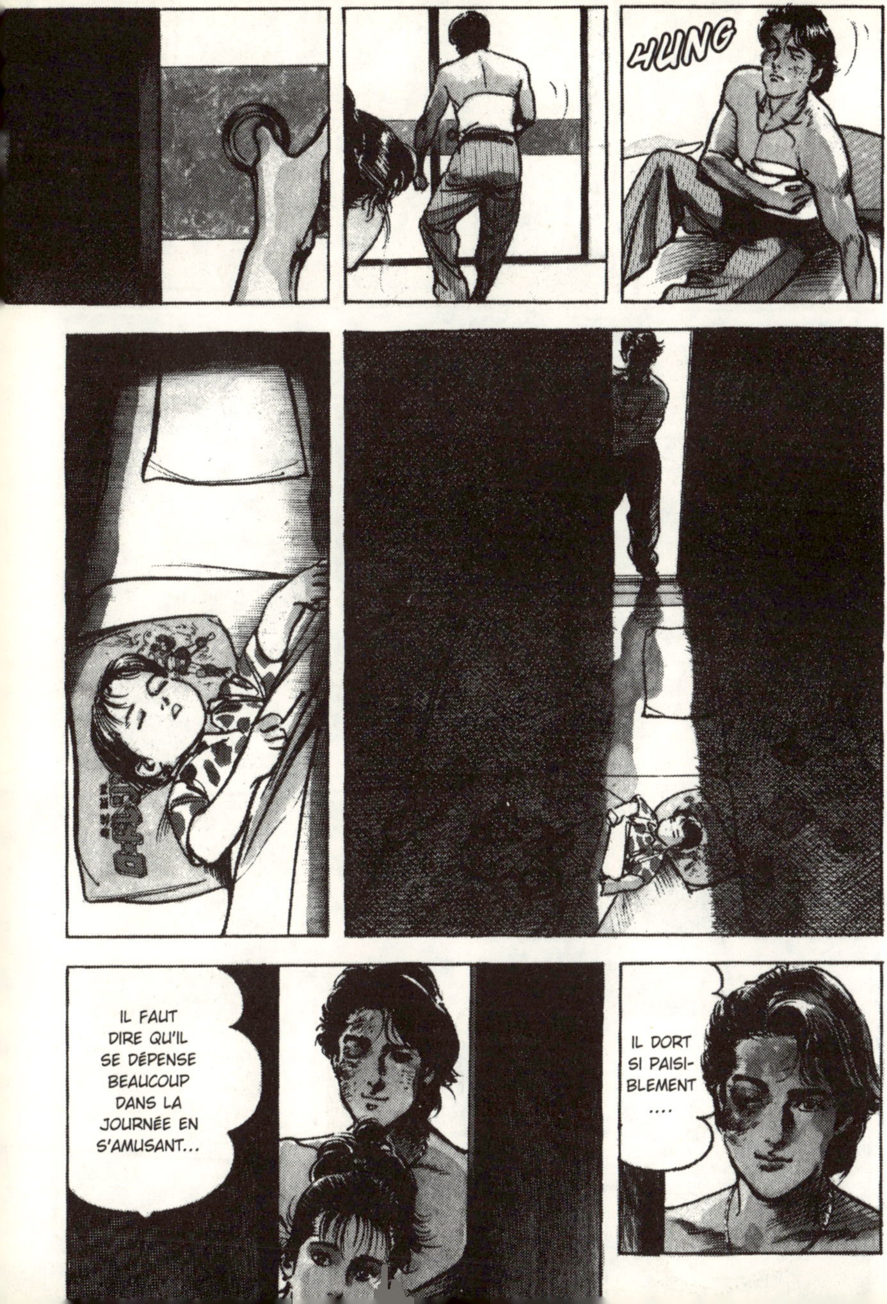
HUNG
IL FAUT DIRE QU'IL SE DÉPENSE BEAUCOUP DANS LA JOURNÉE EN S'AMUSANT...
IL DORT SI PAISIBLEMENT ....

C'EST COMME UN RÊVE.
DIRE QU'IL EST LÀ, BIEN VIVANT ...
LUI...
SI JE L'AVAIS PAS RENCONTRÉ ...
JE VOUS EN SUPPLIE !!

MAIS JE SUIS SÉRIEUX ! JE FERAI N'IMPORTE QUOI ! N'IMPORTE QUOI !
KRIII
OOOH ! HOJÔ ?
SHRAK
CRONK
QU'EST-CE QUI SE PASSE ICI ?

ZUP
TU TOMBES BIEN.
BALANCE-LE POUR NOUS QUELQUE PART, TU VEUX ?
ON LUI APPREND LES BONNES MANIÈRES.
CETTE BOUSE S'EST POINTÉE CHEZ LE SÔCHÔ SANS INVITATION, POUR UNE HISTOIRE SANS QUEUE NI TÊTE.
URGH ...
TOMP

FWOP
EXPLIQUE-MOI UN PEU TOUT ÇA.
BOM
ACHETEZ MA VIE POUR 10 MILLIONS DE YENS.
JE VOUS EN SUPPLIE !!
POUR DE L'ARGENT ?...
S'IL FAUT LIQUIDER QUELQU'UN, DÉSIGNEZ-LE MOI !!
JE FERAI N'IMPORTE QUOI !!

JE VOUS IMPLORE !
LA VIE D'UN ÊTRE HUMAIN DOIT BIEN AVOIR UNE QUELCONQUE UTILITÉ POUR UN YAKUZA !!
MON GOSSE...
C'EST POUR QUOI FAIRE, CET ARGENT ?
GNN...
IL ME FAUT 10 MILLIONS ...

JE NE VEUX PAS QU'IL MEURE !!
IL A UNE MALADIE GRAVE... JE NE SAURAIS PAS VOUS L'EXPLIQUER.
JE N'AI PAS... L'ARGENT DE L'OPÉRATION ....
IL VIENT À PEINE DE NAÎTRE...

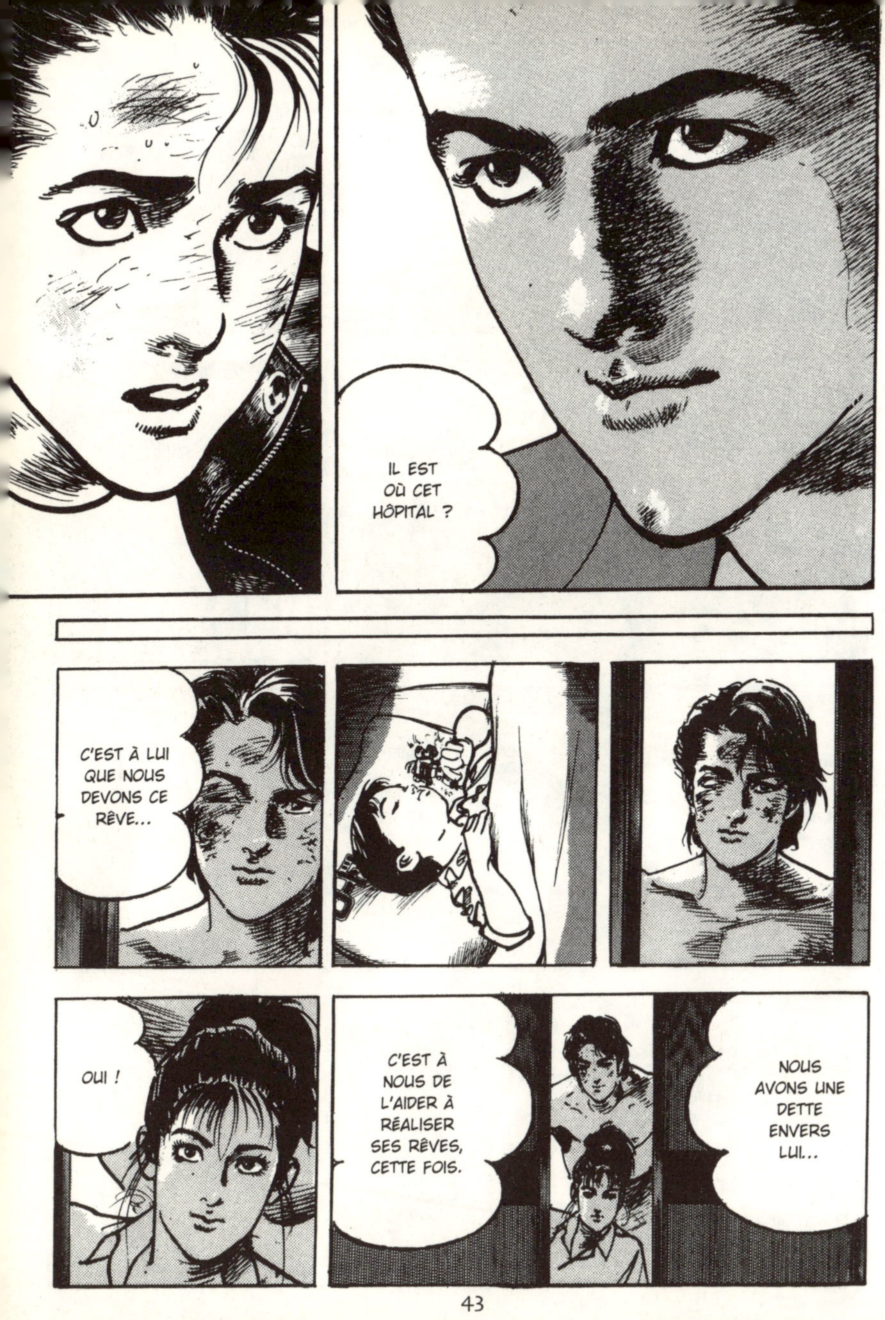
IL EST OÙ CET HÔPITAL ?
C'EST À LUI QUE NOUS DEVONS CE RÊVE...
NOUS AVONS UNE DETTE ENVERS LUI...
C'EST À NOUS DE L'AIDER À RÉALISER SES RÊVES, CETTE FOIS.
OUI !

HOKUSHOKAI
ROPPONGI
ON VA LEUR RÉGLER LEUR COMPTE !
QU'EST-CE QU'ON FAIT, MONSIEUR ?
SI ON NE RÉPLIQUE PAS, QUI SAIT CE QU'IL VA NOUS ARRIVER LA PROCHAINE FOIS !
MAIS NOTRE ANIKI S'EST SALEMENT FAIT AMOCHER !
RIEN ...
ON NE BOUGE PAS !
JE LE SAIS BIEN.

MAIS IL FAUT RECONNAÎTRE ...
... QUE TOKAI A DE BONNES RAISONS D'ÊTRE FURIEUX, NON ?
VRAAAM
GRRRRRP
FFFFF

BROM BROOM
QU'EST-CE QUE C'EST ?!
K MATSU
BOOOOM

TING
BANG
BANG
BANG
BANG
BANG

C'EST À TOKAI QUE LE SÔCHÔ DOIT SON EMPIRE.
SANS LUI, IL N'Y AURAIT PAS EU D'ALLIANCE DES KUMIS, PAS DE CLAN, NI DE SÔCHÔ...
BLAM
警視庁
WIIII
WIIII

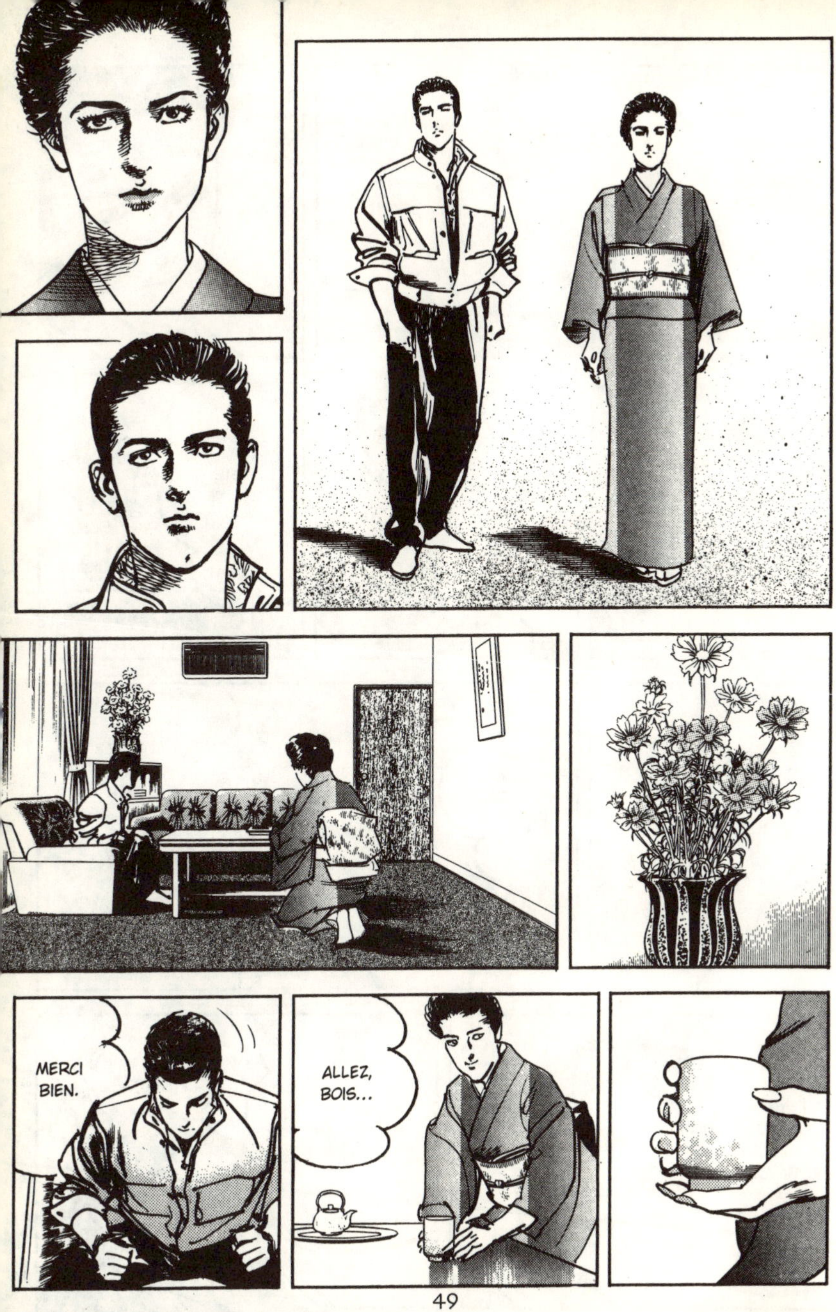
MERCI BIEN.
ALLEZ, BOIS...

AH, QUEL IMBÉCILE, TOUT DE MÊME...
ILS LUI ONT MONTÉ LA TÊTE EN LUI FAISANT CROIRE QU'IL SERAIT LE PROCHAIN SÔCHÔ. IL EST TOUT DE SUITE TOMBÉ DANS LE PANNEAU, ÉVIDEMMENT.
IL A LA TÊTE PLEINE DE RÊVES...
DE RÊVES ?!...
OUI, DE RÊVES.
IL PENSE POUVOIR S'ÉLEVER AU SOMMET RIEN QUE PAR LA FORCE !
C'EST TOUCHANT, N'EST-CE PAS ?
...
TU NE DOIS PAS SUIVRE SES PAS.
LE TEMPS OÙ L'ON POUVAIT S'IMPOSER UNIQUEMENT PAR LA FORCE EST RÉVOLU. IL FAUT UTILISER SA TÊTE.

MAIS COMPRENDRE ÇA, C'EST AU-DESSUS DE SES MOYENS. IL NE FERA QUE PERSÉVÉRER DANS SES RÊVES...
JE VAIS TE MONTRER QUELQUE CHOSE D'INTÉ-RESSANT.
MADAME TOKAI...
SLAP

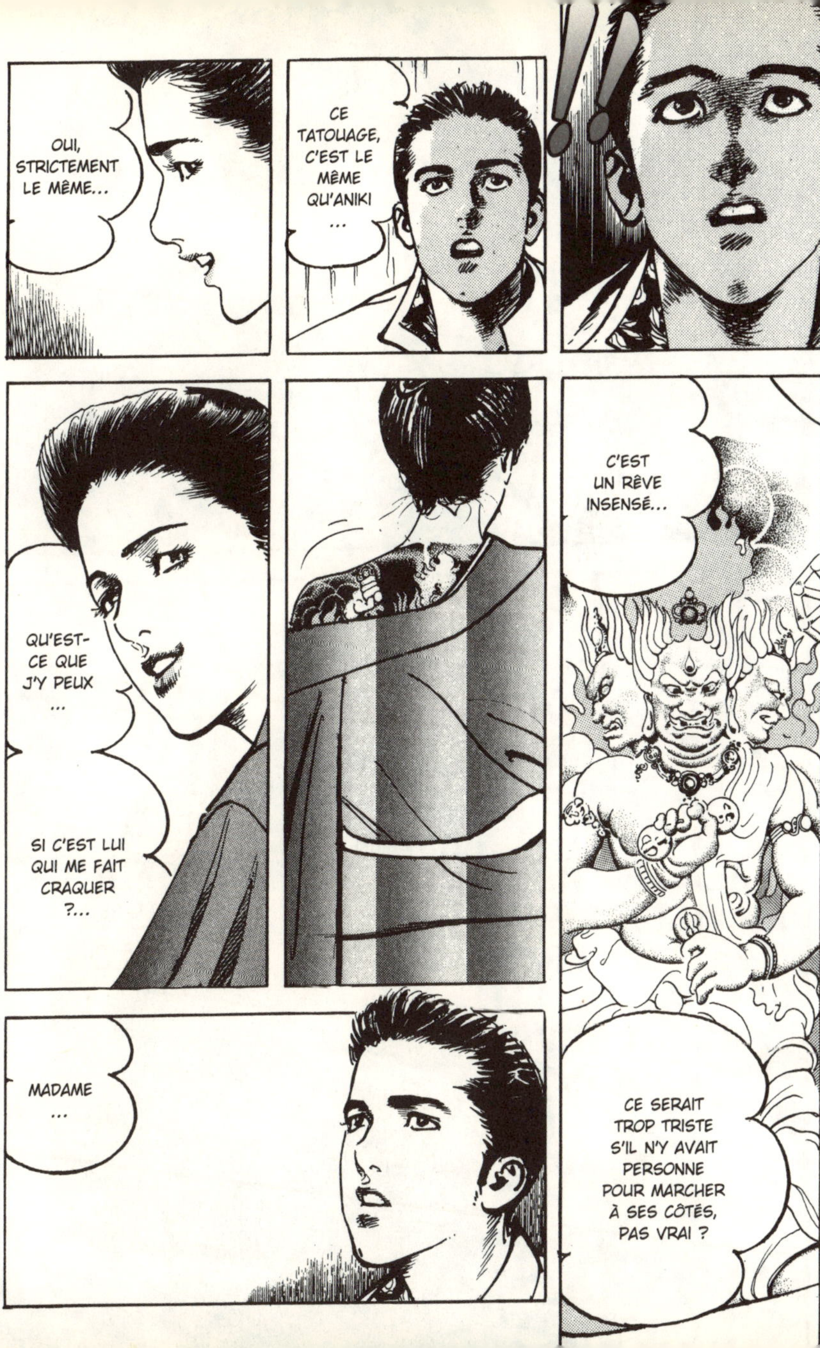
CE TATOUAGE, C'EST LE MÊME QU'ANIKI ...
OUI, STRICTEMENT LE MÊME...
C'EST UN RÊVE INSENSÉ...
CE SERAIT TROP TRISTE S'IL N'Y AVAIT PERSONNE POUR MARCHER À SES CÔTÉS, PAS VRAI ?
QU'EST-CE QUE J'Y PEUX ...
SI C'EST LUI QUI ME FAIT CRAQUER ?...
MADAME ...

RÈGLEMENTS DE COMPTES DANS LE MILIEU ?!
L'ÉPOUSE D'UN CHEF DE GROUPE MAFIEUX VISÉE !! LE CORPS CRIBLÉ DE BALLES, ELLE MEURT SUR LE COUP.

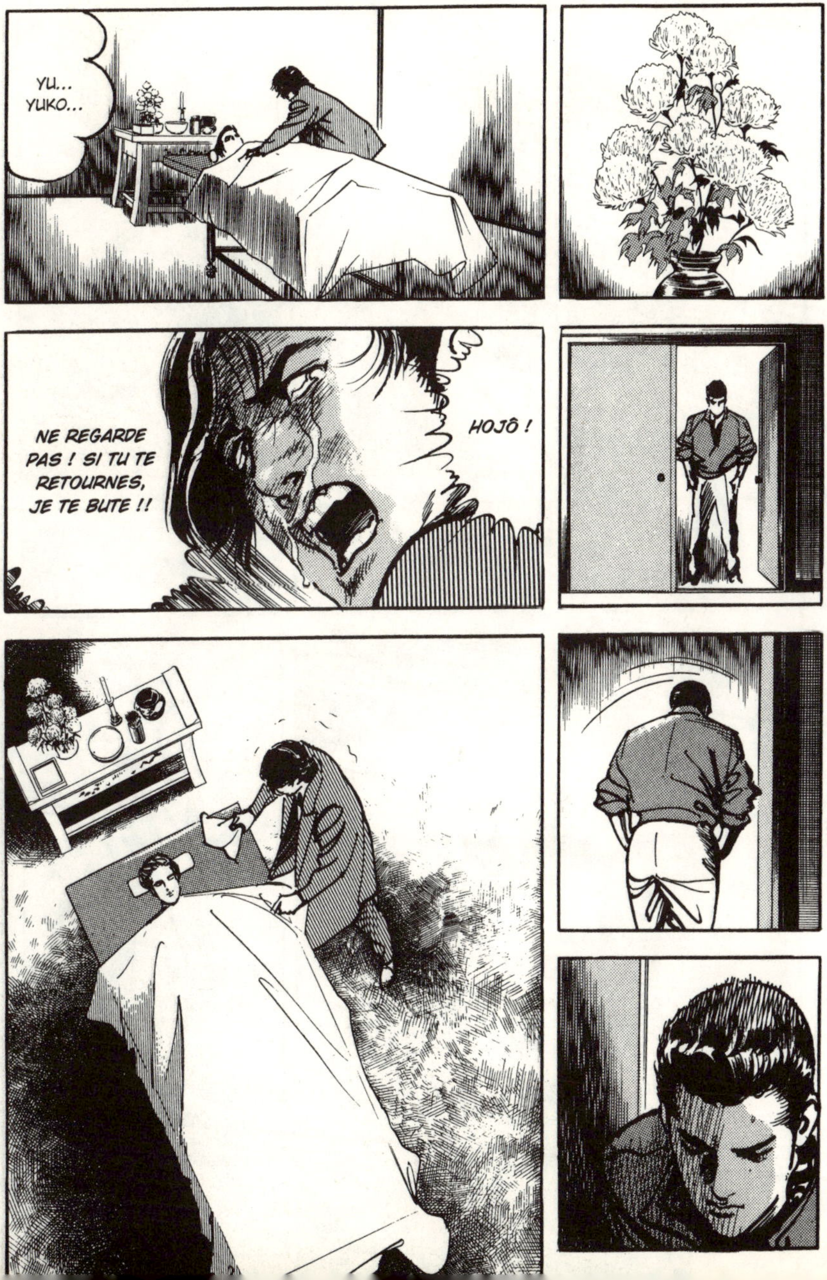
YU... YUKO...
HOJÔ !
NE REGARDE PAS ! SI TU TE RETOURNES, JE TE BUTE !!

渡海悠子之墓
YUKO TOKAI
CE SONT LES RÊVES...
... QUI FONT VIVRE LES HOMMES ET LES FEMMES...
SI CES RÊVES S'ÉVANOUISSENT ...

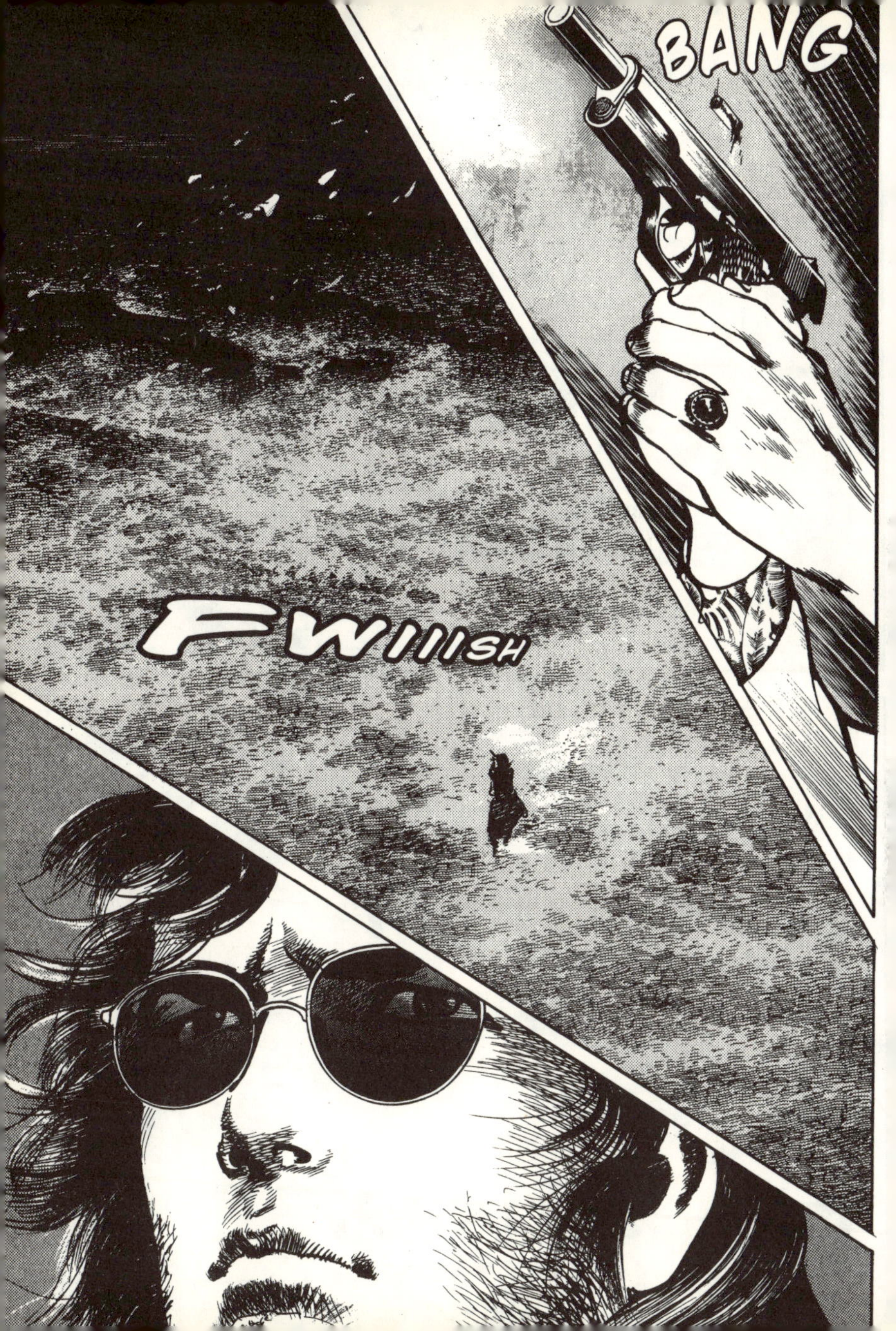
BANG
FWIIISH

VOUS ÊTES VENUS M'ARRÊTER ?
NON ...
LE COMMISSAIRE TENAIT BEAUCOUP À TE RENCONTRER..
MADAME LE COM-MISSAIRE ?
VOUS ÊTES BIEN MONSIEUR TOKAI, N'EST-CE PAS ?

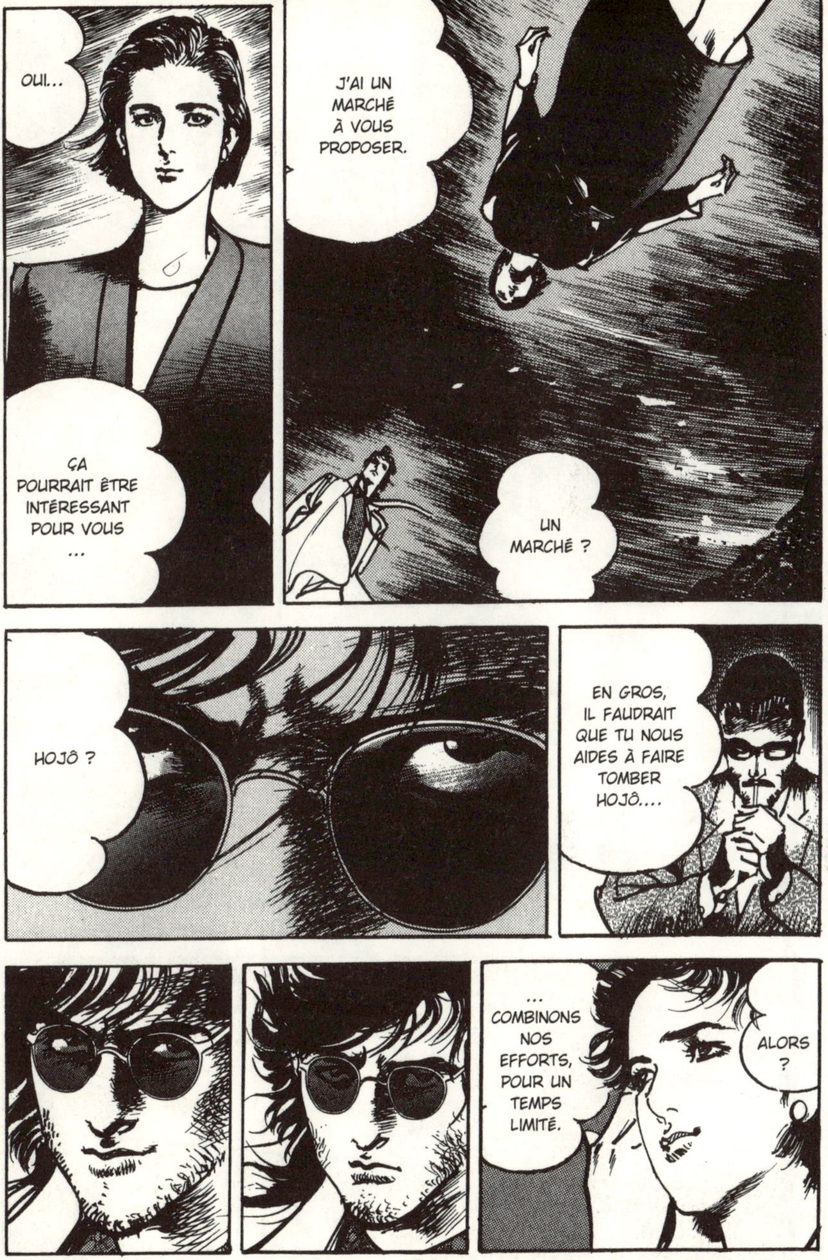
OUI...
J'AI UN MARCHÉ À VOUS PROPOSER.
ÇA POURRAIT ÊTRE INTÉRESSANT POUR VOUS ...
UN MARCHÉ ?
HOJÔ ?
EN GROS, IL FAUDRAIT QUE TU NOUS AIDES À FAIRE TOMBER HOJÔ....
... COMBINONS NOS EFFORTS, POUR UN TEMPS LIMITÉ.
ALORS ?

!
TU VOULAIS TE FAIRE RAMONER UN BON COUP PAR HOJÔ, MAIS IL T'A JETÉE… ET TON PETIT ORGUEIL EST BLESSÉ, C'EST ÇA, MA POULE ?
EST-CE QUE J'AI L'AIR D'UN DEMEURÉ ?
JE SUIS UN PEU FRAPPÉ, D'ACCORD…
MAIS PAS AU POINT DE TOMBER SI BAS… PERSONNE NE RESPECTE LES BALANCES !

chapitre 13 : PIONS

六本木通り
Roppongi dori Ave.
VOTEZ ASAMI !!
UN NOUVEL ESPOIR POUR LES CITOYENS !
珈琲
COFFEE SANDWICH MIAMI
MERCI, MONSIEUR !!

Pour une force nouvelle au parlement !!
Promu par l'association : "Penser la politique autrement !"
9 octobre, 17 heures. Mémorial Iida.
Rencontre avec Chiaki Asami

CHAK
UNE FUSION ?!
PARFAITEMENT !
QUI SAIT CE QUE LE KUMI DEVIENDRA S'IL RESTE AUX MAINS DE TOKAI ?
ET TU DOIS BIEN EN COMPRENDRE LA RAISON...

CHAK
JE PENSE CONFIER LE GROUPE DE TOKAI À HOJÔ...
...
SI LES DEUX KUMIS FUSIONNENT, LA SOCIÉTÉ HOKUSHÔ PRENDRA UNE IMPORTANCE NON NÉGLIGEABLE AU SEIN DU CLAN SAGARA.
MAIS ... MAIS ...
EUH... OUI !
C'EST PLUTÔT UNE BONNE NOUVELLE POUR VOUS, NON ?
TOKAI POSE UN SÉRIEUX PROBLÈME. CE FOU FURIEUX NE VA CERTAINEMENT PAS ACCEPTER SANS BRONCHER ...
EFFECTIVEMENT, IL Y A BIEN UN "MAIS"...

ET C'EST LÀ QUE TU INTERVIENS ...
TASHIRO ...

* HOMME DE MAIN ** CHEF

HOJÔ POURRAIT AUSSI Y LAISSER SA PEAU...
C'EST DANGEREUX DE JOUER AVEC TOKAI.
VOUS ÊTES SÛR DE CE QUE VOUS FAITES, SÔCHÔ ?...
PARDON ?
À MES YEUX, HOJÔ AUSSI EST UNE PIERRE.
CHAK
IL EST JEUNE...
IL A DU TALENT... BEAUCOUP TROP...

IL POURRAIT VITE DEVENIR UN ROCHER EN TRAVERS DE LA ROUTE !
...

SIÈGE DU PARTI DÉMOCRATE LIBÉRAL.
Pour une force nouvelle au parlement !!
9 octobre, 17 heures. Mémorial Iida.
Promu par l'association : "Penser la politique autrement !"
Rencontre avec Chiaki Asami
SECRÉTAIRE GÉNÉRAL
ALORS VOUS APPUYEZ SA CANDIDATURE POUR REMPLACER SAKURA ?
OUI, IL EST VENU ME TROUVER.
VOUS ÊTES AU COURANT, MONSIEUR LE SECRÉTAIRE GÉNÉRAL ?!

ELLE OFFRE DES POSSIBILITÉS… ILLIMITÉES.
LA JEUNESSE, C'EST MERVEILLEUX !
OKAMURA …
C'EST BIEN LÀ QU'EST LE PROBLÈME…
S'IL ENTRE DANS LA COUR DES GRANDS, POUR LES ÉLECTEURS, NOUS NE SERONS PLUS QUE DES VIEILLARDS IMPOTENTS.

渡海興業

C'EST TOUT CE QUE J'AI GAGNÉ POUR M'ÊTRE DÉMENÉ DEPUIS L'ÂGE DE 15 ANS.
À QUARANTE ANS, JE ME RETROUVE AVEC UN BUREAU DE 40 MÈTRES CARRÉS...
...
KRAAK
JE SUIS LA CINQUIÈME ROUE DU CARROSSE ICI, BORDEL.
VRRR
EH ?!

TU ES VENU POUR ME SUPPRIMER ?...
TASHIRO ...
POM
ON PEUT SAVOIR CE QUE TU FAIS ?
QUOI ?...
PRENEZ CET ARGENT ET DISPARAISSEZ !!
JE VOUS EN PRIE, MONSIEUR TOKAI !!
BAM

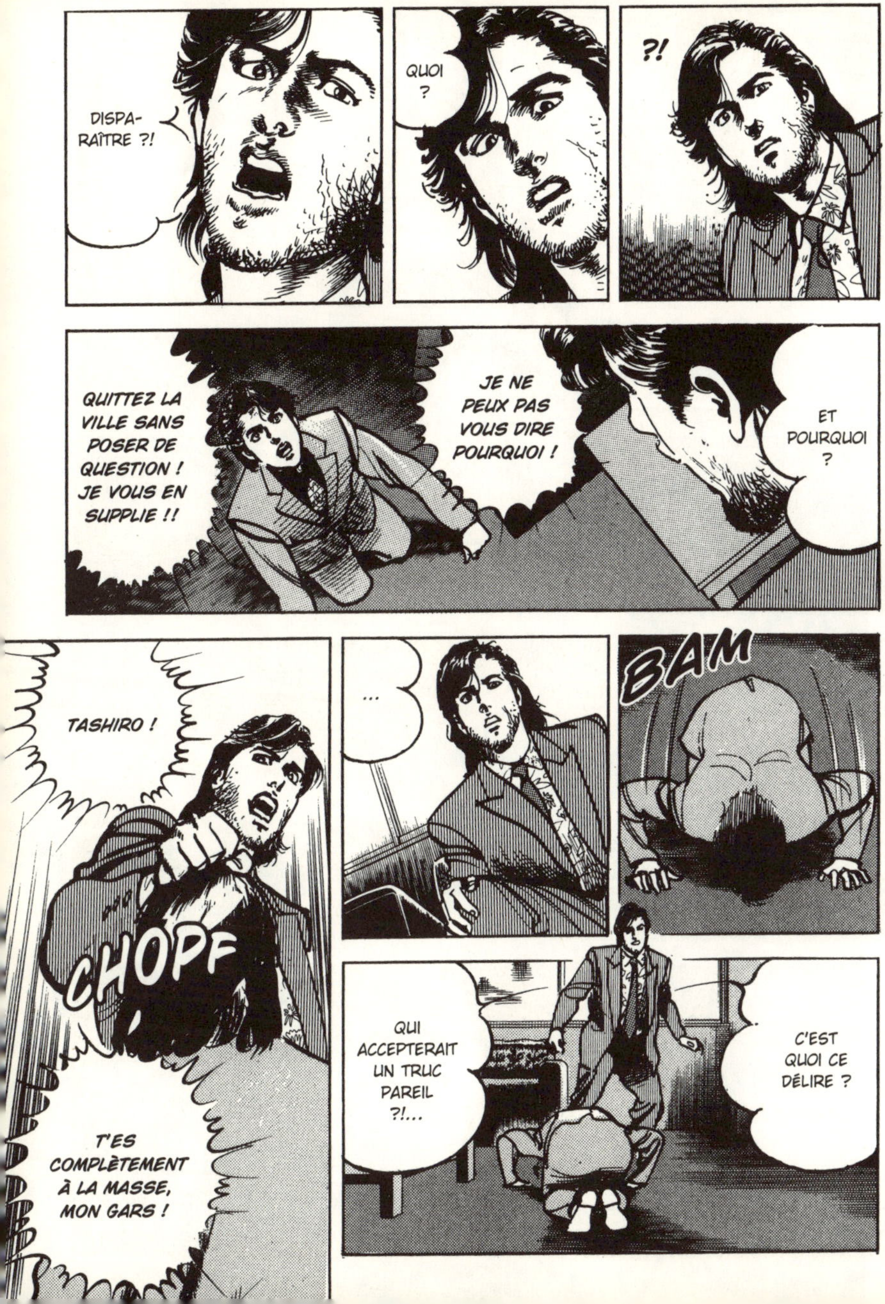
DISPA-
RAÎTRE ?!
QUOI
?
?!
QUITTEZ LA VILLE SANS POSER DE QUESTION ! JE VOUS EN SUPPLIE !!
JE NE PEUX PAS VOUS DIRE POURQUOI !
ET POURQUOI ?
...
BAM
TASHIRO !
CHOPF
T'ES COMPLÈTEMENT À LA MASSE, MON GARS !
C'EST QUOI CE DÉLIRE ?
QUI ACCEPTERAIT UN TRUC PAREIL ?!...

DÉSOLÉ, MONSIEUR TOKAI...
MAIS VOUS NE ME LAISSEZ PAS LE CHOIX...
TASHIRO ...
CROYEZ-MOI !
IL N'Y A RIEN DE PERSONNEL LÀ-DEDANS.
TASHIRO ...
FWOP

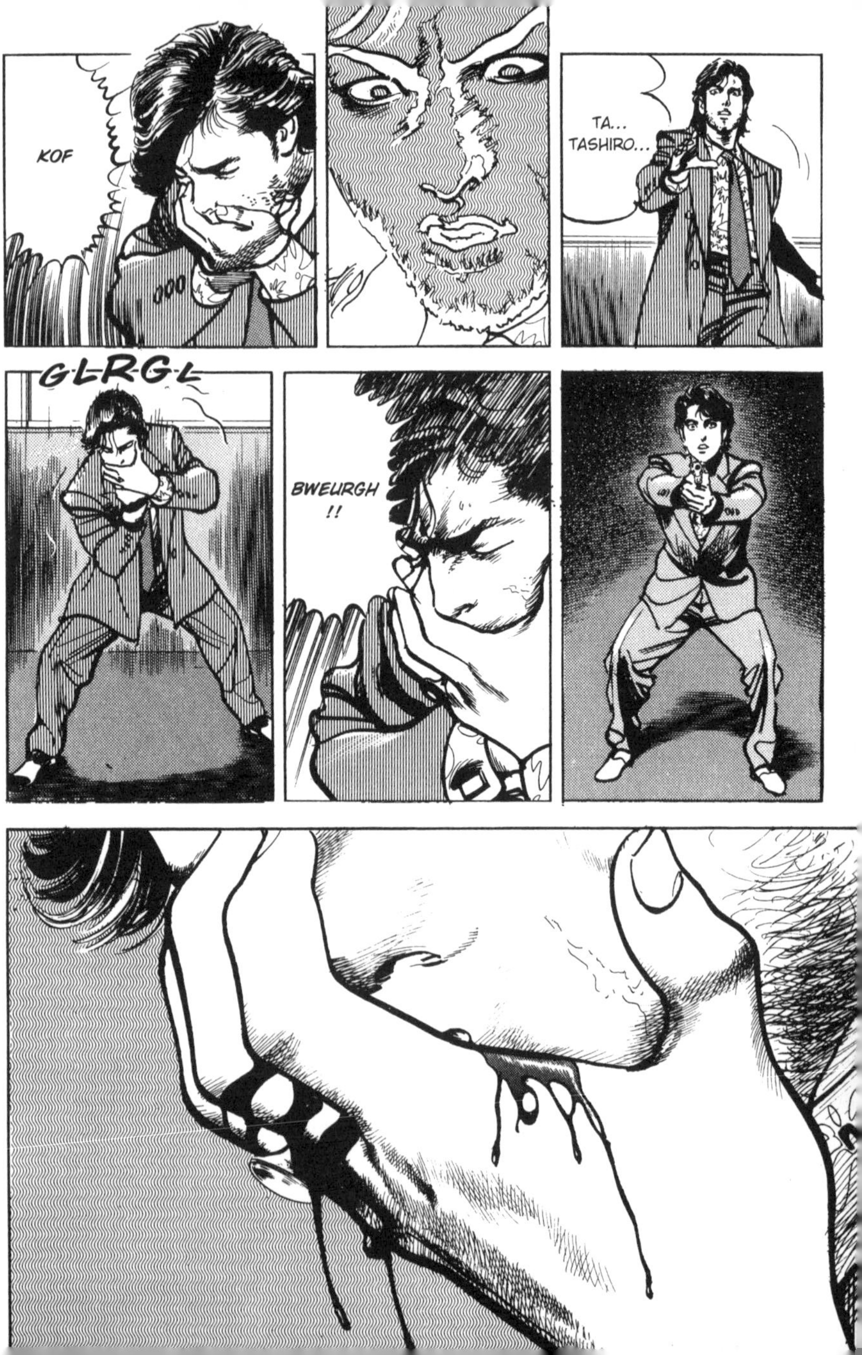
KOF
TA... TASHIRO...
G-L-R-G-L
BWEURGH !!

HAA...
HHHHAAA...
HAA...
MONSIEUR TOKAI !
BLOM
HUN HUN HUN... J'EN AI VU DE TOUTES LES COULEURS ...
CE PUTAIN DE MÉDECIN M'A DIT QUE J'AVAIS UN CANCER...
LAISSEZ-MOI RIRE...
EUH... L'ŒSOPHAGE ?...
AH, ON DIRAIT BIEN QUE MON ŒSOPHAGE EST COMPLÈTEMENT ULCÉRÉ...

GWARGH

UH... URGH...

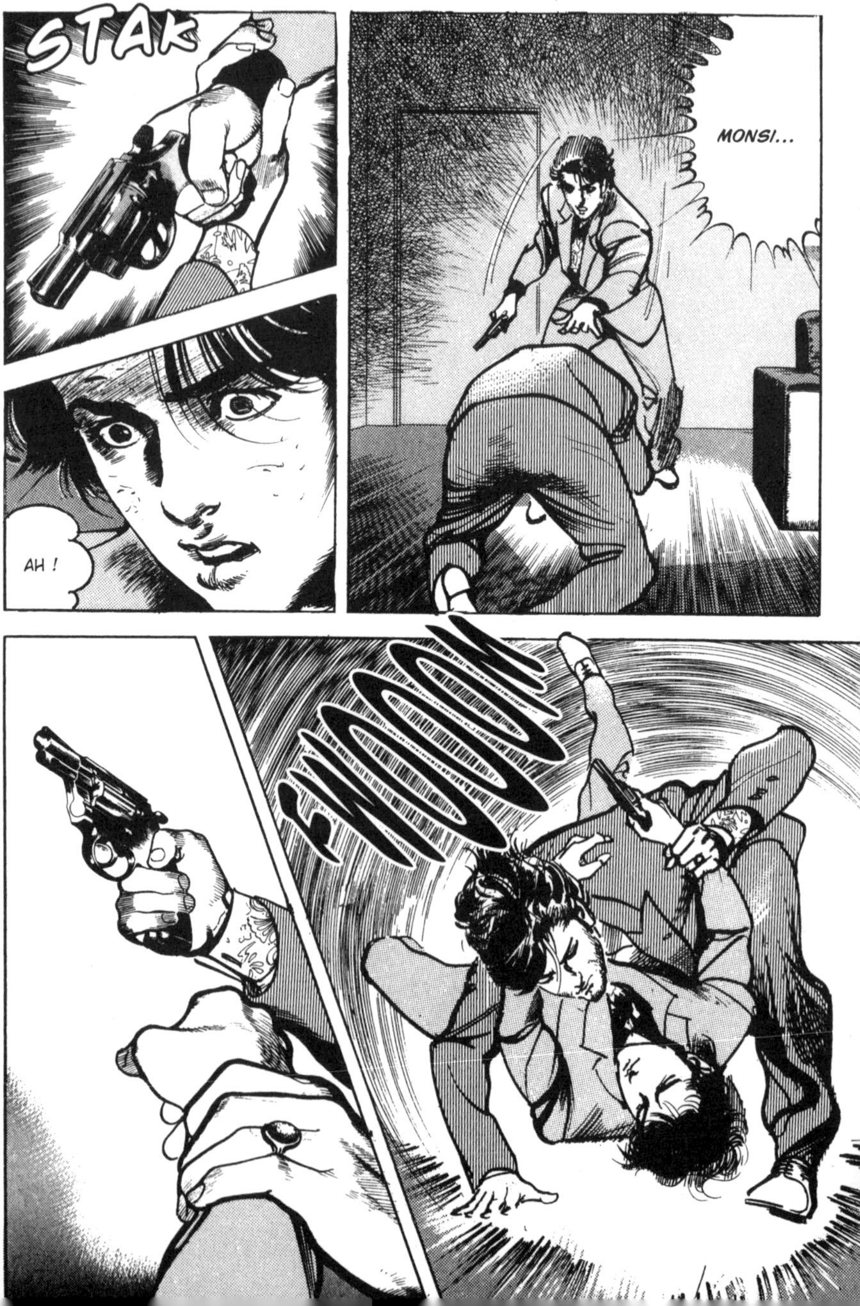
STAK
AH !
MONSI...

UN YAKUZA DOIT SAVOIR RECOURIR À TOUS LES MOYENS.
T'ES ENCORE BIEN NAÏF, TASHIRO !
GNN...
BEUUUH
ALLEZ...
Y COMPRIS SE MORDRE LA LANGUE À EN PISSER LE SANG...

SBAM
ÇA Y EST, J'AI ENFIN UNE BONNE RAISON POUR ME FAIRE HOJÔ...
LA VACHE, JE PÈTE UNE DE CES FORMES... DU COUP, ÇA ME RAJEUNIT !

chapitre 14 : FAMINE

COMITÉ DE SOUTIEN À CHIAKI ASAMI

QUE SE PASSE-T-IL ?!
?!...
C'EST UN AUTRE CANDIDAT QUI EST DÉSIGNÉ POUR NOTRE CIRCONSCRIPTION.
QUOI ?!

* MINISTÈRE DU COMMERCE INTERNATIONAL ET DE L'INDUSTRIE JAPONAIS

LE SECRÉTAIRE GÉNÉRAL ?!
SI C'EST COMME ÇA QU'ILS MANŒUVRENT, ON DOIT REPENSER NOTRE STRATÉGIE.
EN TOUT CAS, VOILÀ COMMENT ÇA SE PRÉSENTE !
JE TE RAPPELLE ...

KLAK
SI ON SE FAIT PIÉGER ICI, NOS VIES N'AURONT SERVI À RIEN...
ILS VEULENT NOUS ÉTOUFFER DANS LE BERCEAU.
SKLAK
ON NE PEUT PAS RESTER LES BRAS CROISÉS.

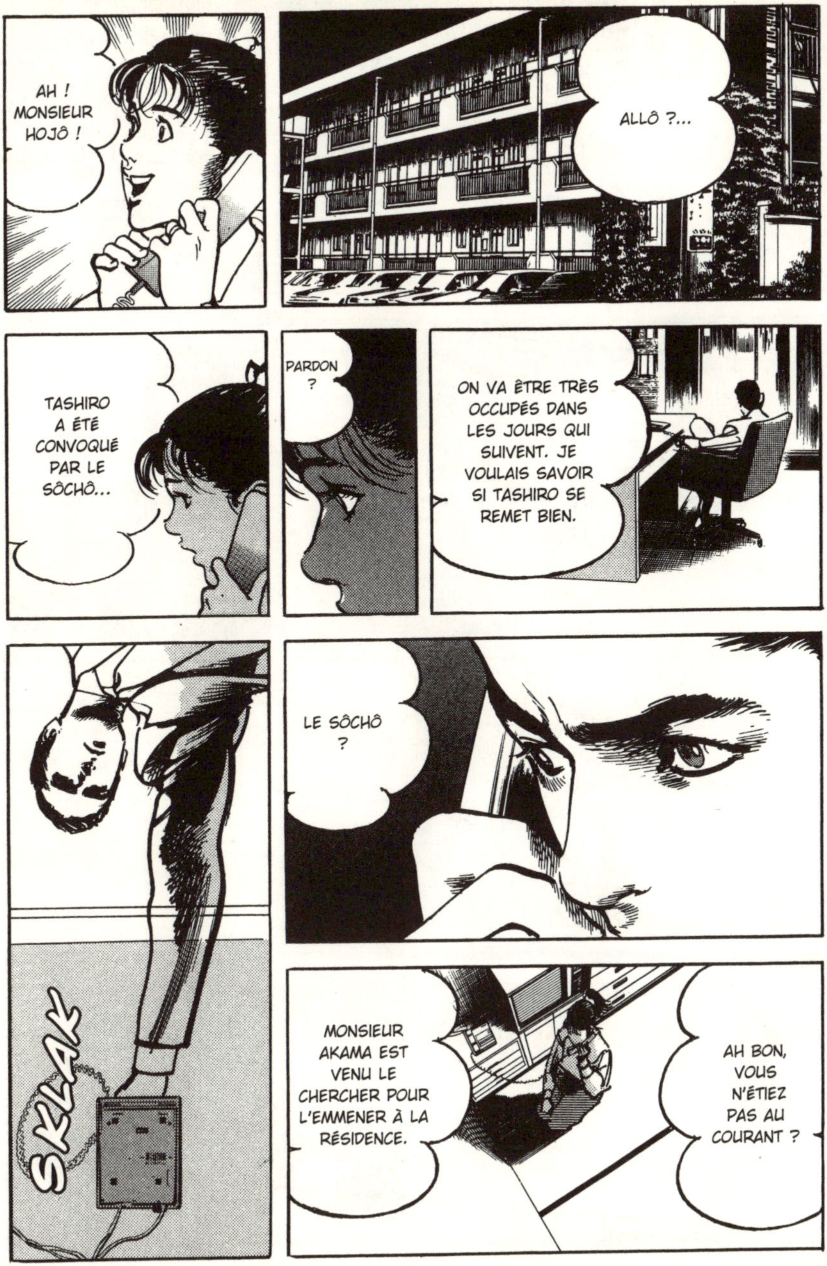
ALLÔ ?...
AH ! MONSIEUR HOJÔ !
ON VA ÊTRE TRÈS OCCUPÉS DANS LES JOURS QUI SUIVENT. JE VOULAIS SAVOIR SI TASHIRO SE REMET BIEN.
PARDON ?
TASHIRO A ÉTÉ CONVOQUÉ PAR LE SÔCHÔ...
LE SÔCHÔ ?
AH BON, VOUS N'ÉTIEZ PAS AU COURANT ?
MONSIEUR AKAMA EST VENU LE CHERCHER POUR L'EMMENER À LA RÉSIDENCE.
SKLAK

IL CONVOQUE MON BRAS DROIT À MON INSU...
QU'EST-CE QUE LE VIEUX MANIGANCE ?...
MONSIEUR LE PRÉSIDENT !
QU'Y A-T-IL ?
DES INFORMATIONS TROUBLANTES ME SONT PARVENUES !!
TROU-BLANTES ?!
OUI, PAR UN TYPE QUE J'AI AIDÉ AUTREFOIS ...
IL DIT QUE MONSIEUR AKAMA SE TROUVE ACTUELLEMENT DANS LE BAR OÙ IL TRAVAILLE.
AKAMA...
...
QUOI ?!

EN TOUT CAS, LE SÔCHÔ EST IMBATTABLE QUAND IL S'AGIT DE MANIPULER LES IMBÉCILES.
SI TU VEUX MENER UNE VIE DE LUXE ET BOIRE DES GRANDS CRUS, IL FAUT SAVOIR GARDER PROFIL BAS.
ET TOI, RETIENS BIEN ÇA, MA POULE...
TOKAI, TASHIRO... TOUS DES ABRUTIS !
HA HA HA...
HÉ !
FINALEMENT, HOJÔ AUSSI EST UN CRÉTIN.

CE VIEUX SINGE...
IL VEUT M'ÉTOUFFER DANS LE BERCEAU...
CE SONT LES PAROLES D'AKAMA...

VRUUUM
HO HO HO...
GNNN... URGH...
HÉ HÉ HÉ... NE T'EXCITE PAS, TASHIRO.
À L'ÉPOQUE...
AUTREFOIS, C'ÉTAIT COMME ÇA TOUS LES JOURS.

浜大飯店
中華料理・中華菓子
中華街
揚州飯店
永安楼
30
FWSHHH

BON ! TOI, TU ATTENDS LÀ, MON MIGNON.
PAF
TU NOUS ENCOMBRERAIS PLUS QU'AUTRE CHOSE.
ON Y VA !!
...

SBRAAAAM
BANG
PAN
PAN
BANG

WHAARGH !!
AAARGH !!
SBRIIITCH
AH !
SI ON N'ATTRAPE PAS CES DEUX-LÀ, TOUT EST FOUTU !!
ON LES PREND À REVERS !!

HAA...
HAA...
HAA...
KLANK
KLANK
FWOP

BOMK
BOMK
OUAAAH !
AAAARGH !!
HO... HOJÔ...
BADA
BADA

KLONG
JE NE PEUX PAS ME PERMETTRE D'ATTENDRE...
POURQUOI T'AS PAS ATTENDU À TON POSTE ?...

JE VEUX GRIMPER LES ÉCHELONS QUATRE À QUATRE !
...
HOJÔ...

WHA HA HA
HO HO HO...
TU SAIS QUE JE T'AIME BIEN, PETIT ?
HOJÔOOO !...
ALLEZ, ON S'EM-BRASSE !
VIENS LÀ !
...

SMACK
M'SIEUR TOKAAAAI...

HOJÔ ÉTAIT INCROYABLE, À L'ÉPOQUE.
...
C'ÉTAIT UN JEUNE LOUP AFFAMÉ, COMME MOI.
ON ÉTAIT DE LA MÊME TREMPE !
KLIK
MAIS MAINTENANT, CE N'EST PLUS QU'UN POURCEAU !

TRÈS BIEN, J'AI COMPRIS...
SI JE ME RENDS SUR LES LIEUX, VOUS LIBÉREZ TASHIRO...
MARCHÉ CONCLU.
KLAK

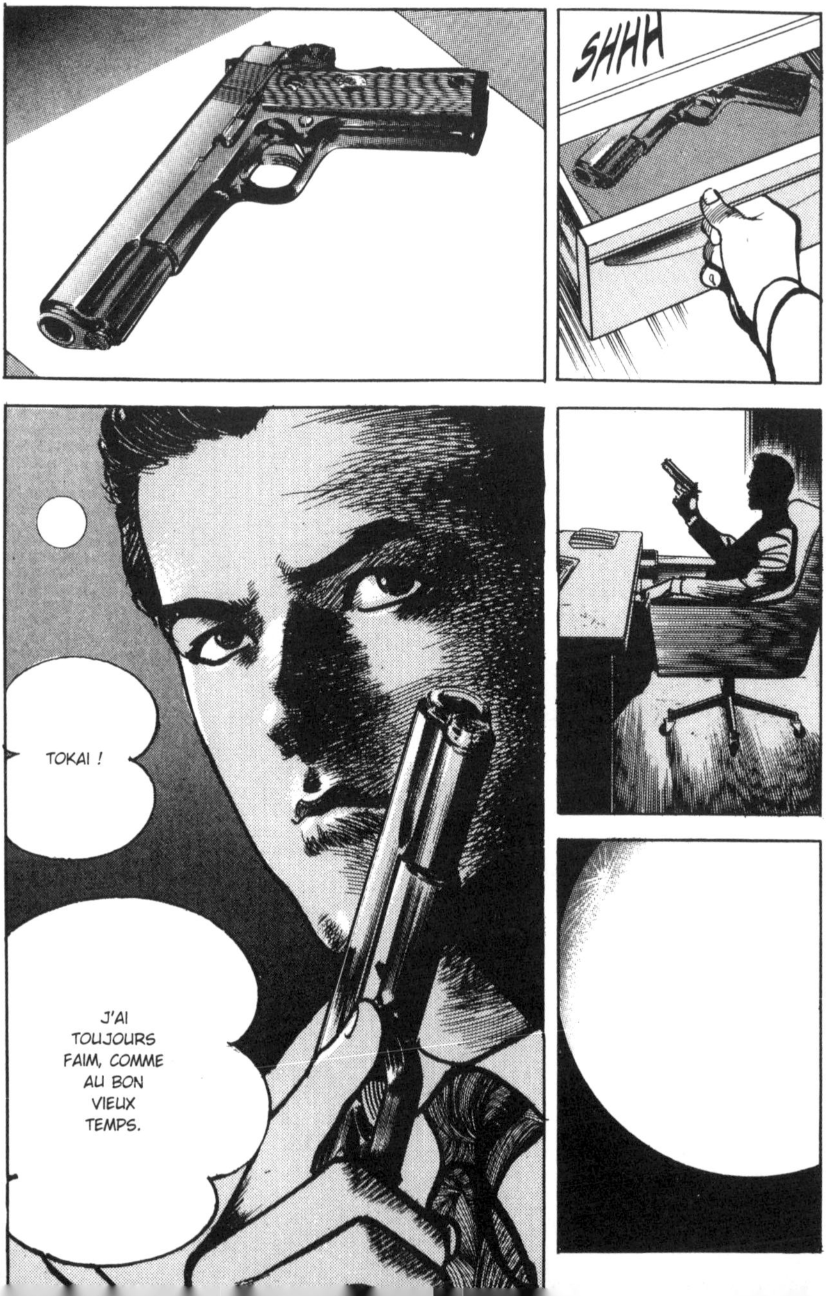
SHHH
TOKAI !
J'AI TOUJOURS FAIM, COMME AU BON VIEUX TEMPS.

chapitre 15 : VOLONTÉ

HUM.. OAH...

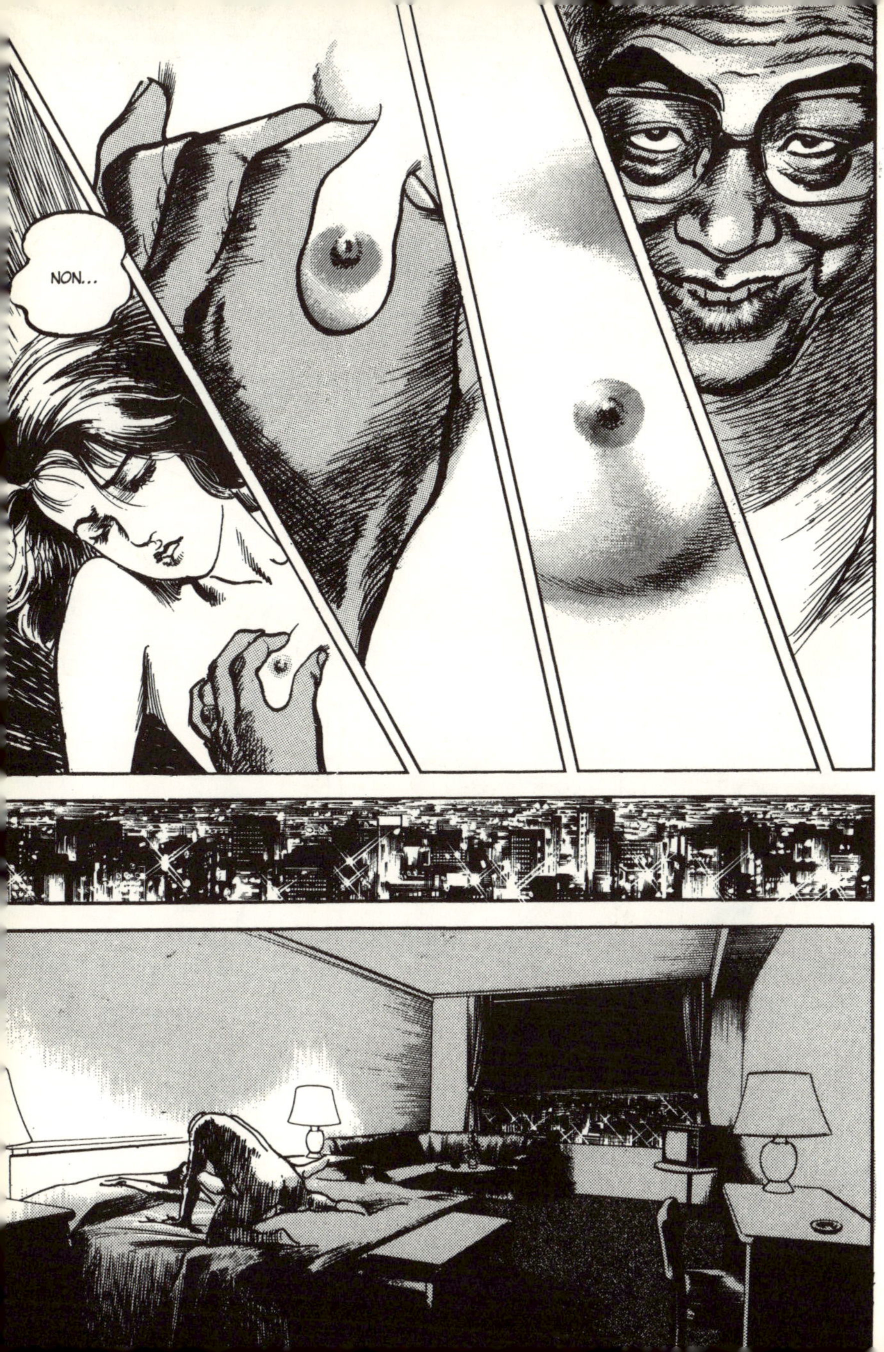
NON...

TU ES DE RETOUR …
KTING
HUM… MURATA…
PFFF
OUI… C'EST LE DIRECTEUR QUI M'ENVOIE …

TU VOIS, JE REÇOIS DANS MON LIT DES PÉTASSES DE 18, 19 ANS.
C'EST AUSSI ÇA, LE POUVOIR ...
CE N'EST PAS DEMAIN QUE JE VAIS LÂCHER LES COMMANDES.
À PROPOS...
TOKAI ET HOJÔ ONT MORDU À L'HAMEÇON.
ILS AGISSENT EXACTEMENT SELON VOS PRÉVISIONS.
RETIENS BIEN CECI, MON AMI...
CES JEUNES SONT COMME LES FONDATIONS D'UNE BÂTISSE. SI UN CÔTÉ S'EFFONDRE OU L'AUTRE S'ÉLÈVE, C'EST LA MAISON ENTIÈRE QUI RISQUE LA RUINE.
IL FAUT VEILLER AVEC UNE VOLONTÉ DE FER SUR LES FONDATIONS.

BLAM

SI TU AS UN FLINGUE, SORS-LE ...
MONSIEUR ...
C'EST LE JOUR DU DÉNOUEMENT, HOJÔ !
HM ?!
VOUS CONNAISSEZ LE "BUNRAKU" ?
BLONK
MONSIEUR TOKAI...

C'EST L'ART DE MANIPULER LES MARION-NETTES.
JE CONNAIS JUSTE MES TABLES DE MULTIPLICA-TIONS.
TOMP
HUNG !
SHHH
SBOM
MAIS QU'EST CE QUE TU ME CHANTES ?!
JE M'EN BRANLE DE TES FORMULES À LA CON !!
VOUS ET MOI, NOUS SOMMES DES PANTINS...
MONSIEUR ...
HUNG
JE SUIS PAS ALLÉ À LA FAC, MOI !
MAIS TU VAS T'EXPLIQUER, BORDEL ?!!
BTAM

J'AI PAS UNE TÊTE BIEN FAITE COMME LA TIENNE.
BTAM
BTAM
BOM
MON... MON-SIEUR...
ARRÊTEZ, MONSIEUR TOKAI !
DÉFOULEZ-VOUS PLUTÔT SUR MOI...
TA GUEULE !!
BWIISH
POAW
ARRÊTE DE COUINER ! DE TOUTE FAÇON, VOUS ALLEZ Y PASSER TOUS LES DEUX !
CHOPF

EN FAIT…
HOJÔ…
TOKAI…
JE T'AIMAIS BIEN…
KZUM

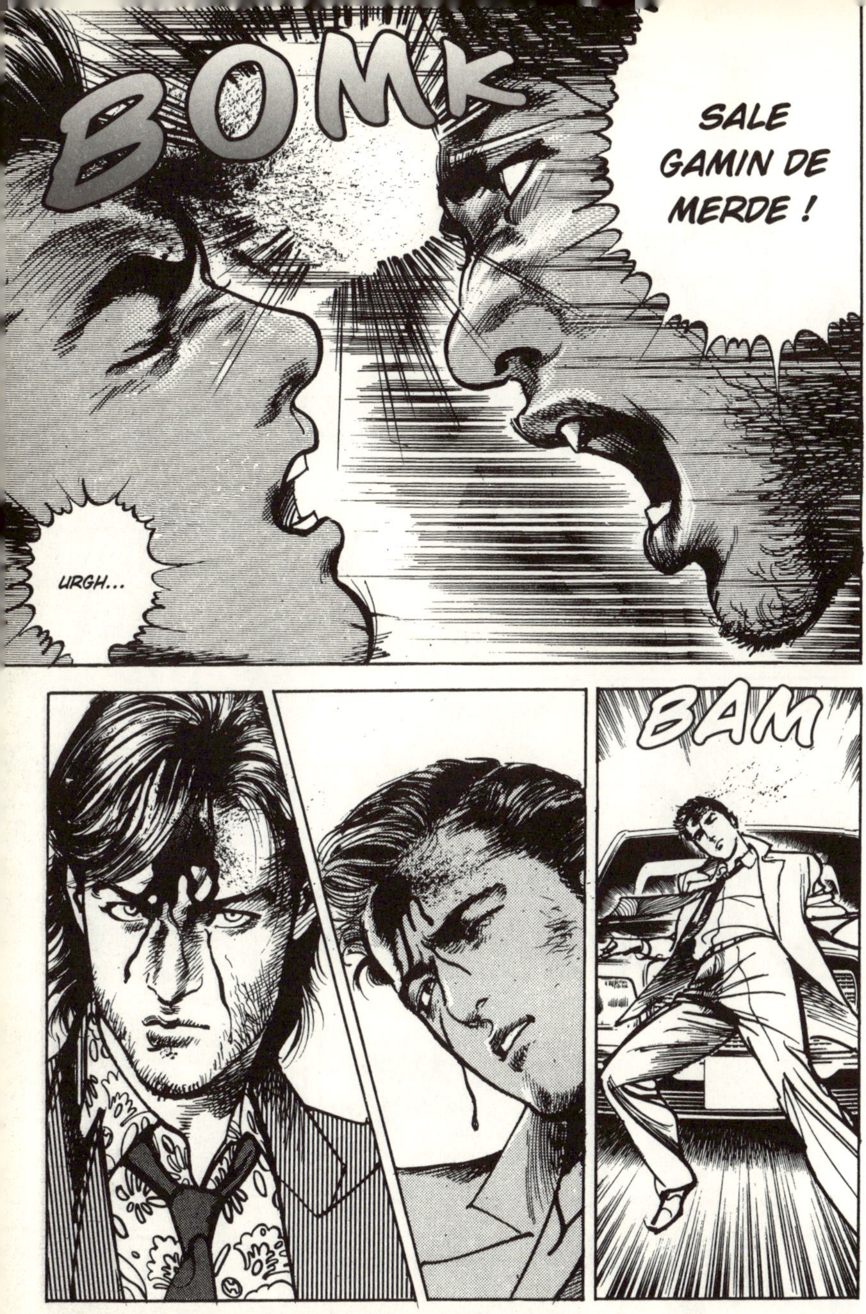
BOMK
SALE GAMIN DE MERDE !
URGH...
BAM

FWAP
MONSIEUR !!
ADIEU, HOJÔ !

NOUS AVONS FAILLI ÊTRE EN RETARD...
DÉSOLÉ, MONSIEUR.
T'ES DEVENU UN VRAI POURRI, JAMAIS J'AURAIS CRU...
HO... HOJÔ...
HMPF
MÊME EN TRAIN DE PLEURNICHER À GENOUX POUR TA VIE, TU M'AURAIS MOINS FILÉ LA GERBE.
CE N'EST PAS ENCORE L'HEURE DE MOURIR.
MONSIEUR TOKAI, JE VAIS VOUS DEMANDER DE M'ACCORDER UN PEU DE VOTRE TEMPS.

LA RUMEUR EST-ELLE FONDÉE ?
...
ASAMI... IL EST ENCORE UN PEU TROP TÔT POUR TOI...
SAVOIR COURBER L'ÉCHINE DEVANT LES AÎNÉS EST INFINIMENT PROFITABLE À LA LONGUE, TU DEVRAIS LE SAVOIR.
TA BASE ÉLECTORALE ET TES GROUPES DE SOUTIEN...
... JE TE LES RACHÈTE POUR 300 MILLIONS, QU'EN DIS-TU ?
...

PENSES-Y, C'EST UNE OFFRE PLUTÔT GÉNÉREU-SE.
POUR 300 MILLIONS ?
MAIS IL N'Y A PAS QU'UN SEUL PARTI.
CE N'EST PAS SI FACILE D'ALLER AUX ÉLECTIONS SANS LE SOUTIEN D'UN PARTI...
MÊME SI TU TE PORTES CANDIDAT AUX ÉLECTIONS, SANS LE SOUTIEN OFFICIEL DU PARTI...
JE N'AI QU'À PROPOSER MES SERVICES À L'OPPOSITION.
!
MAIS DE QUOI PARLES-TU ?

C'EST ABSURDE !
LA BASE ÉLECTORALE DE SAKURA EST SOLIDE, ET ELLE ME SUIT. J'AI MES CHANCES DE REMPORTER LE SIÈGE, JE PARIE QUE L'OPPOSITION SERA RAVIE DE M'ACCUEILLIR.
SUR CE, VEUILLEZ M'EXCUSER !
A... ASAMI !...
TU... ATTENDS...
NOTRE VOLONTÉ EST INÉBRANLABLE, MONSIEUR LE SECRÉTAIRE GÉNÉRAL...

VROOM
ON PEUT SAVOIR OÙ TU M'EMMÈNES, HOJÔ ?
VOUS LE SAUREZ TRÈS VITE...
LE SÔCHÔ EST ENCORE À L'HÔTEL.
LE SÔCHÔ ?!

HOJÔ ?!
QU'EST-CE QUE CELA SIGNIFIE ?!
QU'EST-CE QUE C'EST QUE CE MANÈGE ?!

VOUS TENEZ TANT QUE ÇA À PASSER VOTRE VIE COMME UNE MARIONNETTE ?

HOJÔ... MAIS QU'EST-CE QUE...
IL FAUT ÊTRE CELUI QUI TIRE LES FILS...
TOP
HO... JÔ...

... TOKAI, N'ABANDONNONS JAMAIS NOS RÊVES !

BAM

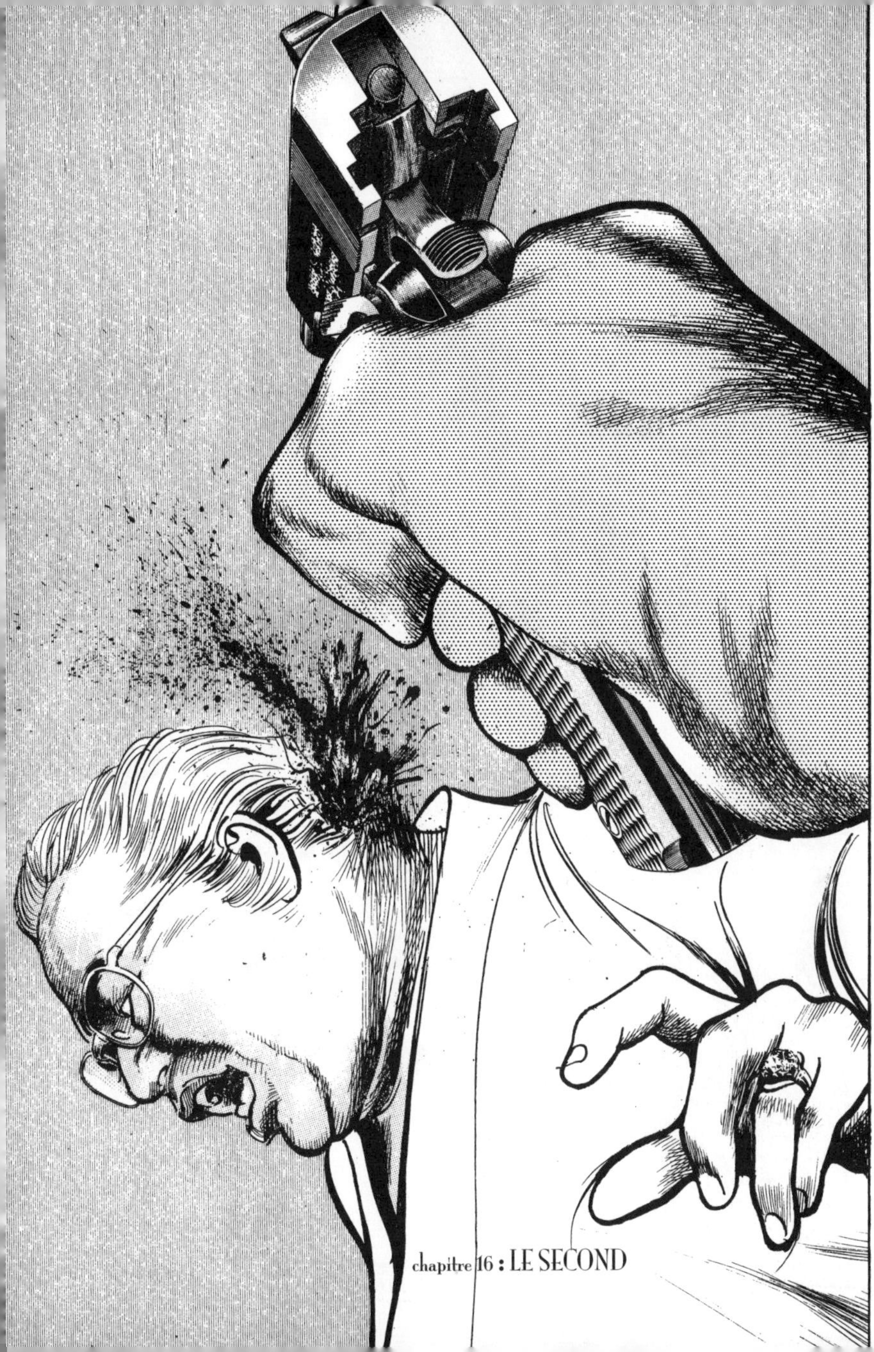
chapitre 16 : LE SECOND

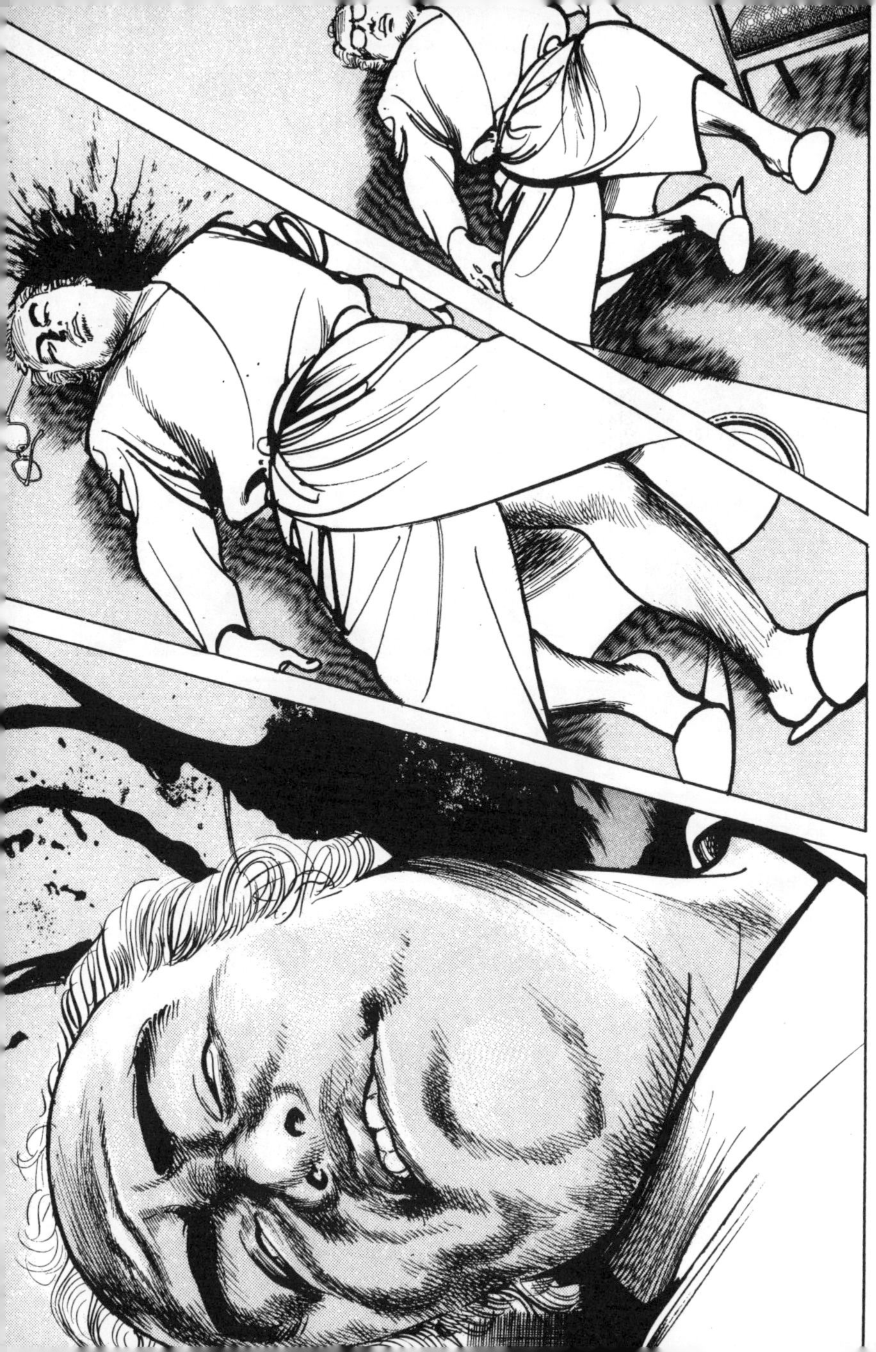

HOJÔ...
MONSIEUR TOKAI...
À COMPTER DE CE JOUR, VOUS ÊTES LE SECOND SÔCHÔ DE L'HISTOIRE DU CLAN SAGARA !

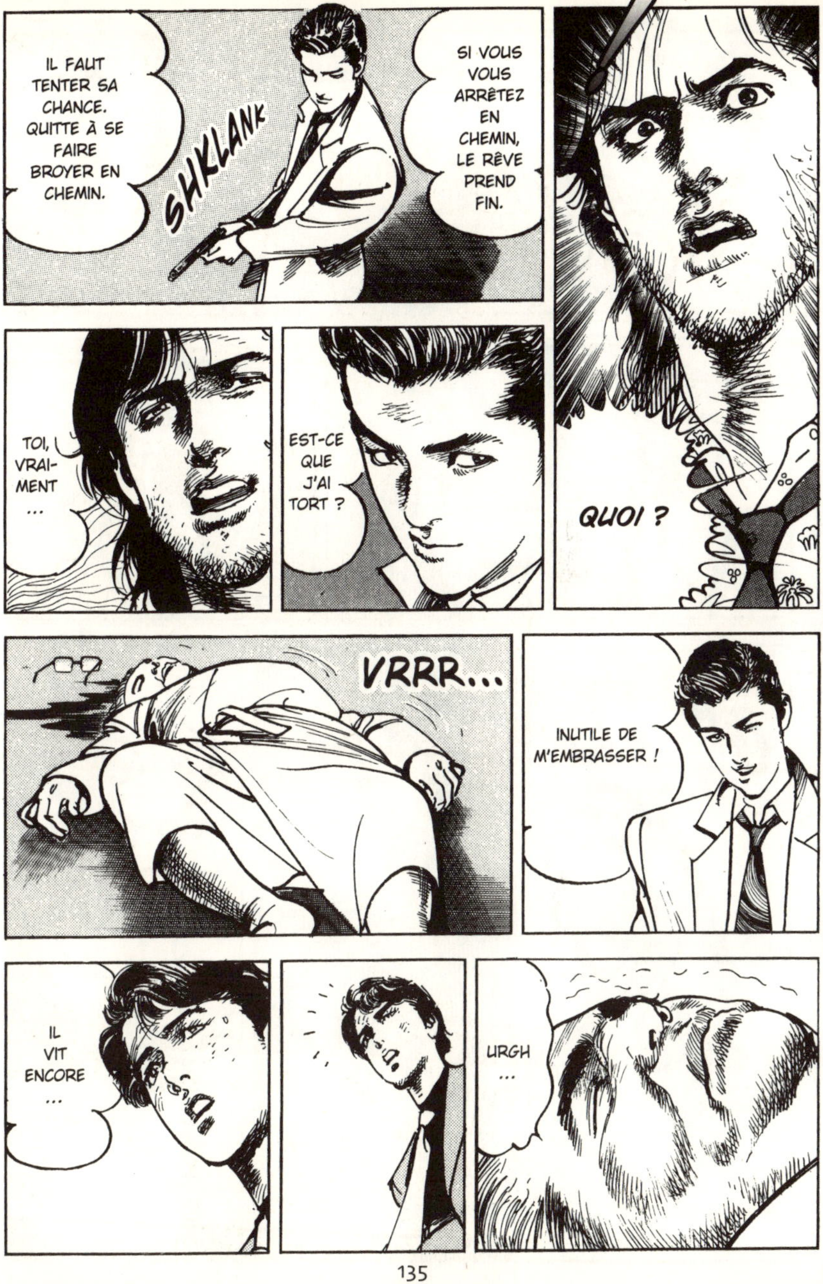
IL FAUT TENTER SA CHANCE. QUITTE À SE FAIRE BROYER EN CHEMIN.
SHKLANK
SI VOUS VOUS ARRÊTEZ EN CHEMIN, LE RÊVE PREND FIN.
QUOI ?
TOI, VRAIMENT …
EST-CE QUE J'AI TORT ?
VRRR…
INUTILE DE M'EMBRASSER !
IL VIT ENCORE …
URGH …

HO HO HO...
HO ...
CHAP
UN BONHOMME, ÇA NE SE LIQUIDE PAS D'UNE SEULE BALLE.
TU ES ENCORE UN PEU VERT.
MON AMI...
GNP
QUAND FAUT Y ALLER, FAUT Y ALLER.

ATTENDS !
HM ?
NE LE TUE PAS !
À TA PLACE, JE NE ME FERAIS PAS TROP DE SOUCI POUR LUI...
... PUISQUE TU VAS LE SUIVRE AUSSITÔT DANS LA TOMBE !
PEU M'IMPORTE !
PAF
JE NE VEUX PAS QUE LE CLAN SE DÉCHIRE !
SLAP

QUOI ?
S'IL SUCCOMBE, CE SERA LA CONFUSION TOTALE !
ET LES CLANS DU KANSAI* ET DU KANTÔ** NOUS MANGERONS EN UN RIEN DE TEMPS.
* OUEST DU JAPON ** EST DU JAPON
SANS LUI, TON PETIT ROYAUME S'ÉCROULERA COMME UN CHÂTEAU DE CARTES. ALORS LAISSE-LE VIVRE.
JE ME MOQUE DU RESTE !
...
HOJÔ NE L'A PAS RATÉ PAR HASARD, QU'EST-CE QUE TU CROIS ?

HEIN ?
...
TCHAK
LE CLAN NE PEUT PAS DISPARAÎTRE !!
JE ME MOQUE DE SAVOIR QUI SERA LE NOUVEAU CHEF DE L'ORGANISATION.
MURATA...

* QUARTIER AU CENTRE DE TOKYO

ON PEUT VRAIMENT VOUS FAIRE CONFIANCE, MURATA ?
DE TOUTE FAÇON, JE NE PEUX PAS COURIR AU GALOP COMME VOUS, LE SECOND...

C'EST UNE HISTOIRE À DORMIR DEBOUT !
REJOINDRE LES RANGS DE L'OPPOSITION ?!
ET NOUS, QUE DEVONS-NOUS FAIRE DANS L'HISTOIRE ?
NOUS VOUS AVONS SOUTENU JUSQU'ICI, MAIS RAPPELEZ-VOUS QUE NOUS SOMMES LES JEUNES DU PDL AVANT TOUT !
RÉFLÉCHIS-SEZ BIEN !
EST-CE QU'UNE SEULE DE VOS PROPOSITIONS EST JAMAIS PARVENUE JUSQU'À LA DIRECTION DU PARTI ?
VOUS NE SEREZ JAMAIS RIEN D'AUTRE QUE DES PIONS AU SERVICE DE CES VIEUX CARNASSIERS.

...
LA VIE EST COURTE, BON SANG !
EST-CE LA STABILITÉ OU LE CHANGEMENT QUE VOUS RÉCLAMEZ ?!
OH...
JE ME METS EN MARCHE MOI AUSSI, HOJÔ !

C'EST IMPOSSIBLE !
LE SÔCHÔ EST GRAVEMENT MALADE !
FLUP
IL N'Y A MALHEUREUSEMENT AUCUN ESPOIR QU'IL SE RÉTABLISSE PARFAITEMENT...
IL EST SOIGNÉ DANS UNE CLINIQUE, MAIS SON ÉTAT EST CRITIQUE...
JE VAIS VOUS LIVRER LES DERNIÈRES VOLONTÉS QU'IL A LAISSÉES AVANT SON ACCIDENT.

JE VEUX QUE MON SUCCESSEUR SOIT..."
"AU CAS OÙ IL M'ARRIVERAIT QUOI QUE CE SOIT...
IL SE TIENT ICI MÊME...
... HOJÔ !!
PAF

QUE...
HOJÔ ?...
ALLONS, ALLONS, TU VOIS BIEN QUE JE N'AI PAS LE PROFIL POUR M'ASSEOIR DANS LE FAUTEUIL DU VIEUX.
MONSIEUR TOKAI...
C'EST BON, NOUS AVONS BIEN RI, CHER MURATA.
HO HO HO...

VOUS NE PENSEZ PAS SÉRIEUSEMENT PROPOSER UN BLEU COMME HOJÔ POUR DIRIGER LE CLAN ?
ZUIP
COMMENT DOIS-JE INTERPRÉTER TON ATTITUDE, TOKAI ?
CHOPF

FWH
KRONK
GNNN
JE SUIS LE CHIEN DE GARDE DU NOUVEAU BOSS !
SI T'AS UN PROBLÈME, EXPRIME-TOI !
UGHOU...

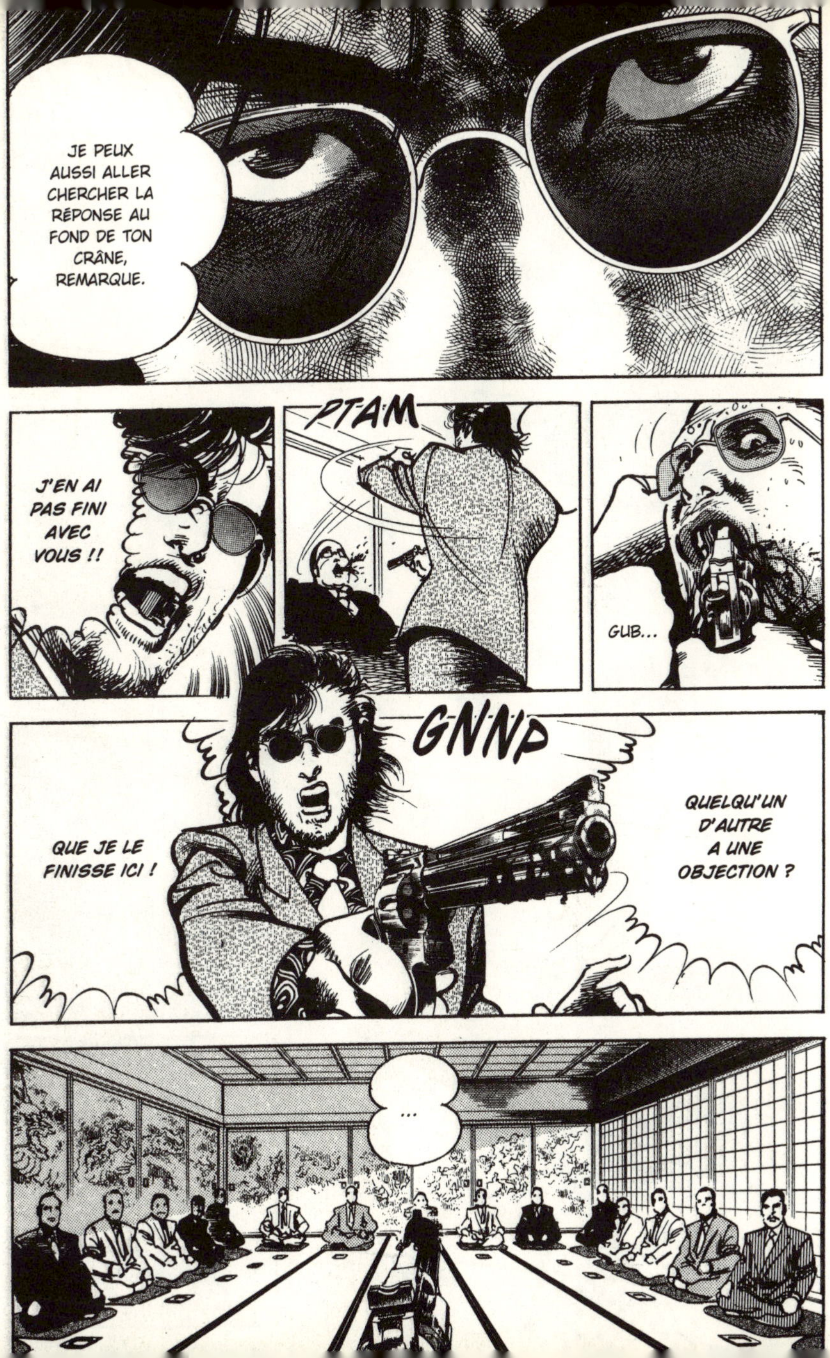
JE PEUX AUSSI ALLER CHERCHER LA RÉPONSE AU FOND DE TON CRÂNE, REMARQUE.
J'EN AI PAS FINI AVEC VOUS !!
PTAM
GUB...
GNNP
QUE JE LE FINISSE ICI !
QUELQU'UN D'AUTRE A UNE OBJECTION ?
...

REVENEZ QUAND VOUS VOULEZ : JE VOUS ATTENDS !
MAIS HONOREZ BIEN VOS FEMMES AVANT !
GWA HA HA HA
TOKAI...

chapitre 17 : LES CROCS

KRIIIISS
KLAK
VOUS PARLIEZ D'UNE URGENCE. EXPLIQUEZ-VOUS !
LE CHEF DU CLAN SAGARA A ÉTÉ VICTIME D'UNE ATTAQUE CÉRÉBRALE.
HEIN ?
LA SECTION ANTI-CRIME ORGANISÉ M'A APPRIS QUE HOJÔ A ÉTÉ NOMMÉ COMME SUCCESSEUR. CETTE HISTOIRE D'ATTAQUE CÉRÉBRALE A ÉTÉ MONTÉE DE TOUTES PIÈCES.

VOUS POUVEZ RÉPÉTER ÇA ?
ET IL A MIS MURATA DANS SA POCHE.
GNNN
LE JEUNE LOUP MET LES BOUCHÉES DOUBLES, ON DIRAIT.
KRII...
ON VA ESSAYER DE LUI FAIRE CRACHER LE MORCEAU !

ALLONS, MONSIEUR MURATA …
VOUS ÉTIEZ BIEN SUR LES LIEUX ?
木警察
LE RAPPORT MÉDICAL A CONCLU À UNE HÉMORRAGIE CÉRÉBRALE.
LE SÔCHÔ EST DANS UN COMA PROFOND, ET IL Y A PEU D'ESPOIR QU'IL EN SORTE...
D'OÙ VENAIT LE PROJECTILE ? DE TASHIRO OU DE HOJÔ ?
BON. CE POINT EST NÉGLIGEABLE, AU FOND...
PSHIT
PFF …
IL NOUS FAUT BIEN ACCEPTER LES CONCLUSIONS DES SPÉCIALISTES QUI L'ONT EXAMINÉ.

MAIS POURQUOI AVOIR FAIT DE HOJÔ LE SUCCESSEUR ?!
LE TITRE AURAIT DÛ VOUS REVENIR À VOUS, OU BIEN À ISHIZUKA...
LES MEMBRES DU CLAN NE VONT PAS L'ENTENDRE AINSI, VOYONS !!
ET SURTOUT UN HOMME COMME TOKAI. IL NE RESTERA PAS LES BRAS CROISÉS SANS RIEN DIRE ...
AU SUJET DE TOKAI, JUSTE-MENT...
IL S'EST PROPOSÉ POUR ÊTRE LE GARDE DU CORPS PERSONNEL DE HOJÔ.
PARDON ?...
TOKAI ?!

OAH... NON !
ARRÊTEZ... JE VOUS EN PRIE...
PAUVRE CONNE, JE SUIS DÉJÀ RENTRÉ !
AAH... ANH... ANH...
ZLIK
ZLIK

LES BRAS M'EN TOMBENT... C'ÉTAIT SON PREMIER JOUR À ELLE AUSSI...
TOILET
HEIN ?
IL EST FOU DE JOIE AUJOURD'HUI !
AH, NON ! C'EST LE CONTRAIRE !
IL EST ENCORE VENU PASSER SES NERFS ICI ?
HA HA...
HA HA HA
SI C'EST PAS TRISTE, ÇA !! LES FILLES D'AUJOURD'HUI ÉCARTENT LES CUISSES VRAIMENT FACILEMENT.
EUH... MOI JE TROUVE PAS...

MAIS ...
TU SEMBLES D'EXCELLENTE HUMEUR, TOKAI.
VOUS POUVEZ NOUS LAISSER UN INSTANT ?

QUEL DOMMA-GE...
SI TU ÉTAIS VENUE PLUS TÔT, MA BELLE, JE T'AURAIS EMMENÉE FAIRE UN TOUR AUX TOILETTES.
QUOI ?
TU N'AS PAS HONTE DE LÉCHER LE CUL DU PREMIER VENU ?...
ALORS, TU ES VRAIMENT LE GARDE DU CORPS DE HOJÔ ?

HOJÔ ÉTAIT POURTANT UN DE TES SUBORDON-NÉS ?
TU RIGOLES ALORS QUE TU T'ES FAIT DAMER LE PION.
...
HOJÔ EN A UNE SI GROSSE QUE ÇA ?
OUAIS, C'EST UN BON COUP.
HA HA HA...
HA...
IL VOUS LA MET BIEN PROFOND À VOUS AUSSI !!
ET PAS SEULEMENT DANS LE CUL : JUSQU'AU FOND DES ENTRAILLES.

GNN
TOM
DIS, POUPÉE ...
T'AS TELLEMENT ENVIE QU'IL TE TRINGLE ?
HNG...
FAIS-TOI VIOLER ET NOUS GONFLE PLUS !
ÇA RÉSOUDRA PEUT-ÊTRE TES PROBLÈMES DE FEMME À COUILLES !
CHOPP

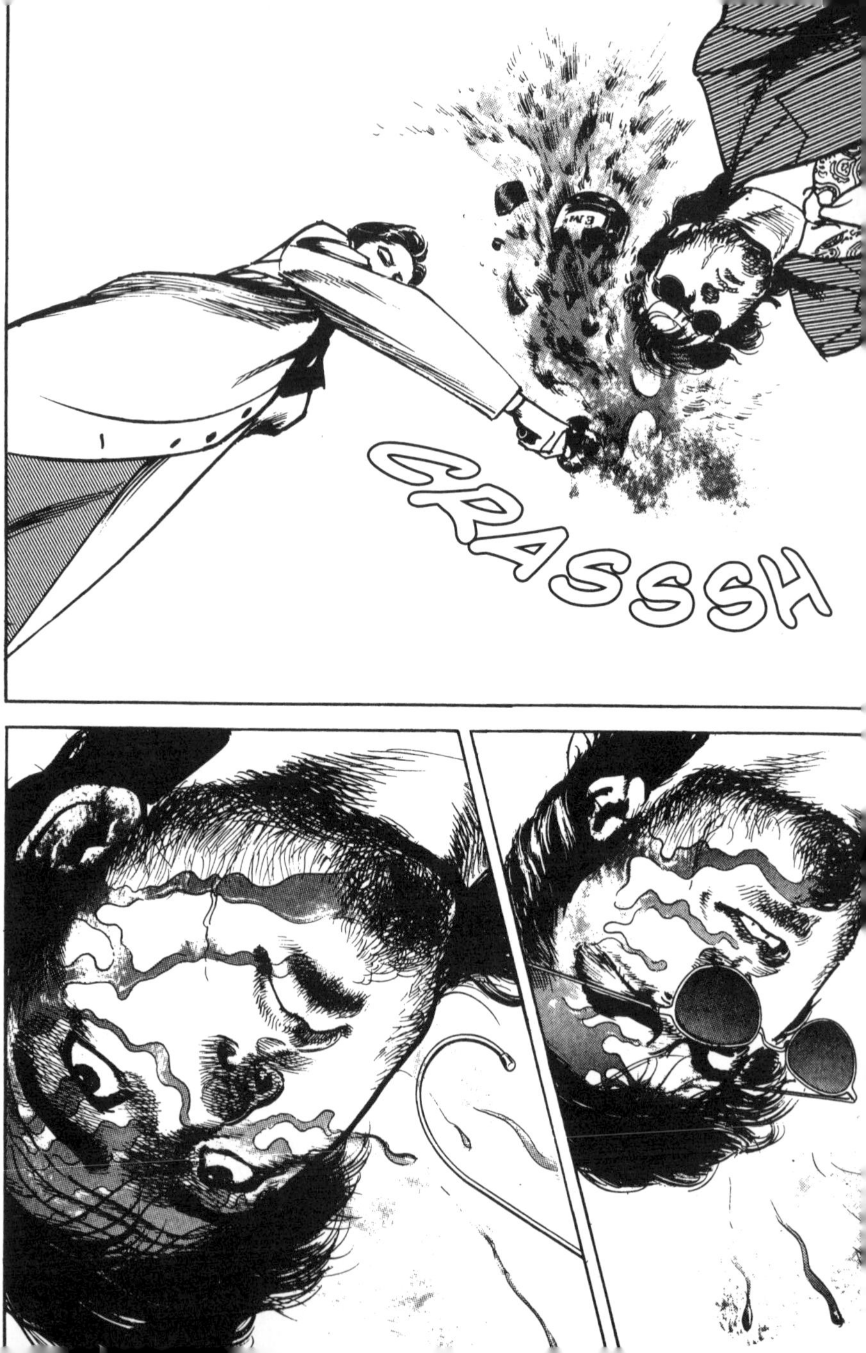
CRASSSH

PLAF
ATTENDS !
ET TOI AUSSI, OSAKI, OUVRE BIEN TES ESGOURDES !
NOTRE NOUVEAU BOSS N'EST PAS SEULEMENT UN CERVEAU ...
JE N'AI QU'UNE SEULE DÉCLARATION À FAIRE...

...QUAND LE MOMENT VIENT DE SE BATTRE, SES CROCS SONT PLUS TRANCHANTS QUE LES MIENS !!
...
...

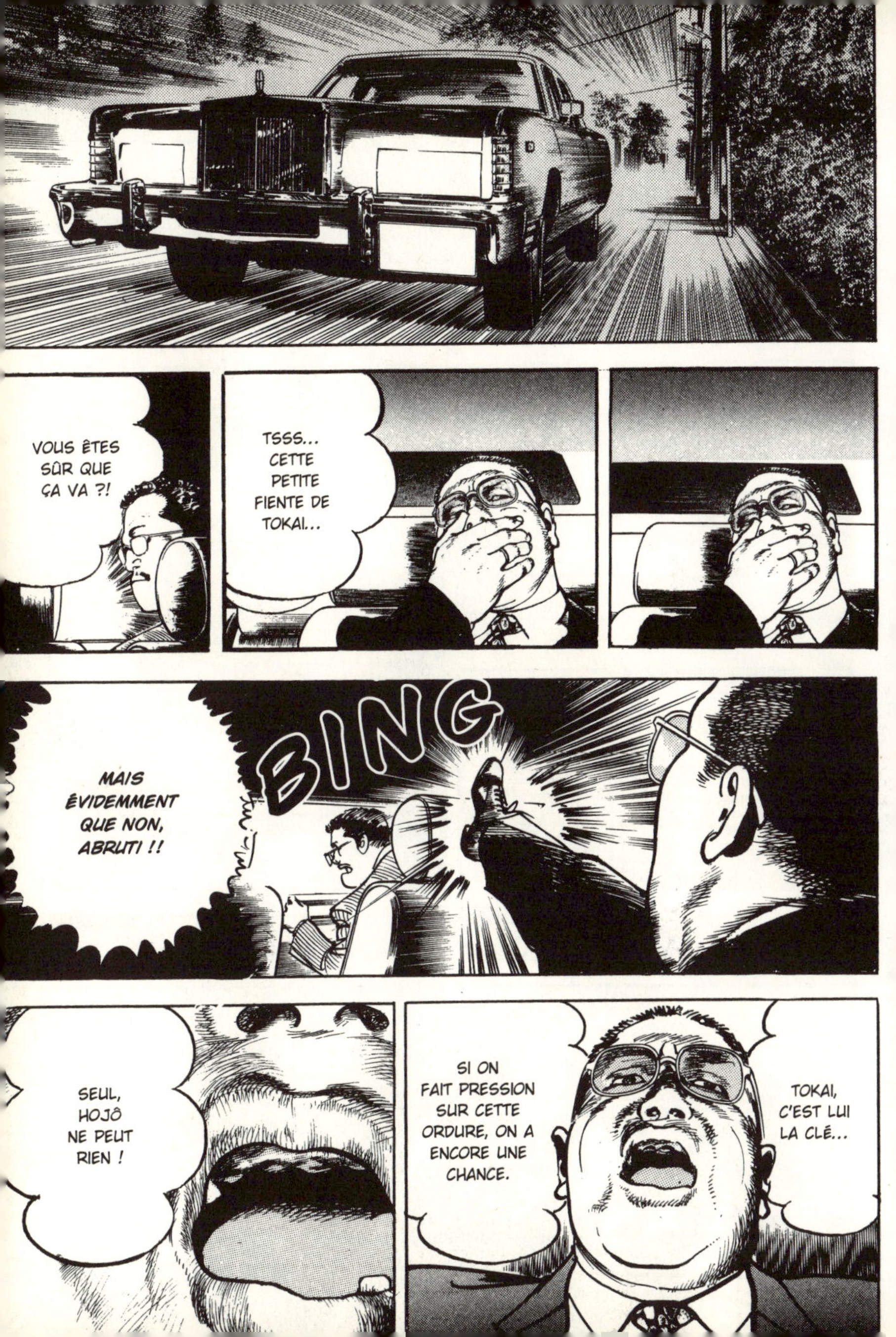
VOUS ÊTES SÛR QUE ÇA VA ?!
TSSS... CETTE PETITE FIENTE DE TOKAI...
MAIS ÉVIDEMMENT QUE NON, ABRUTI !!
BING
SEUL, HOJÔ NE PEUT RIEN !
SI ON FAIT PRESSION SUR CETTE ORDURE, ON A ENCORE UNE CHANCE.
TOKAI, C'EST LUI LA CLÉ...

石塚
ICHIZUKA
JE SUIS RENTRÉ...
HM ? DES INVITÉS ?

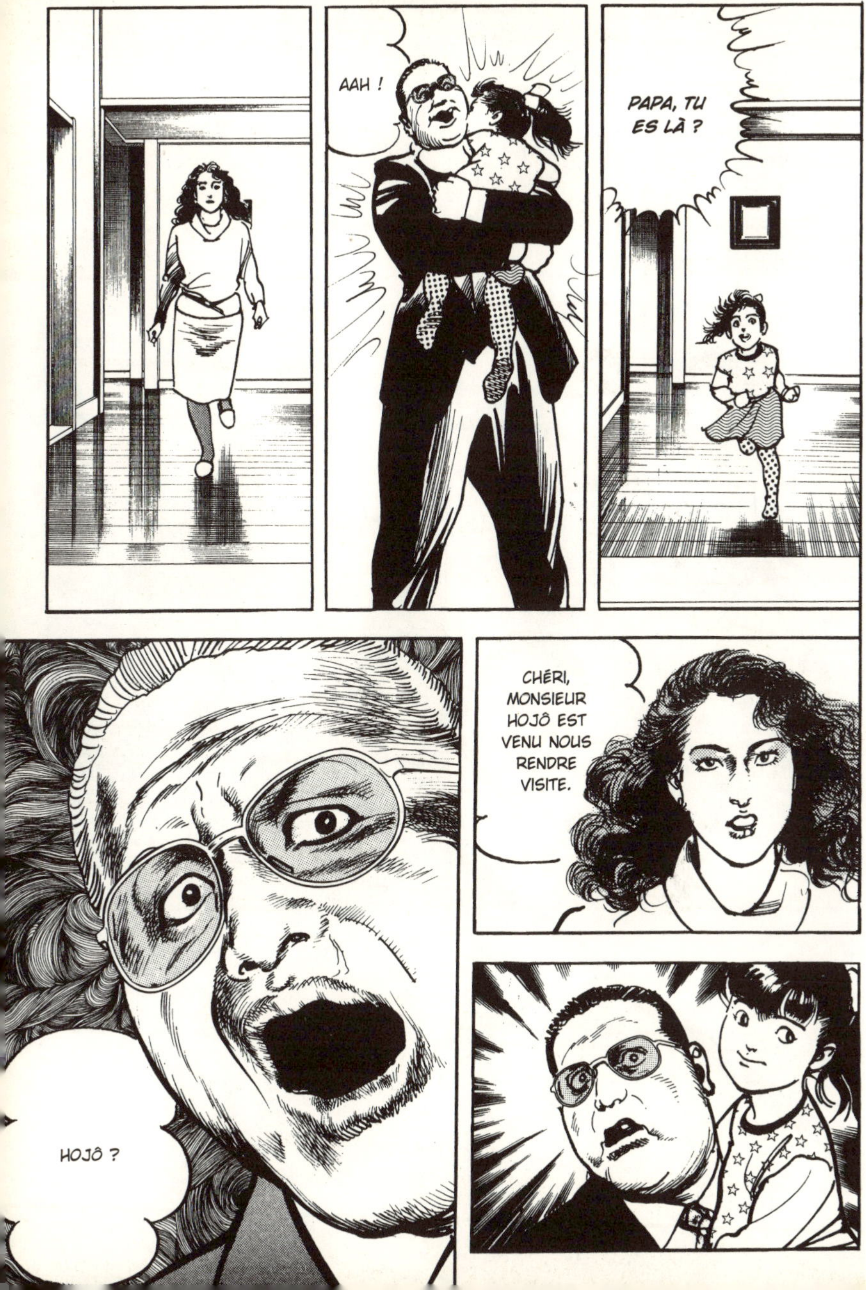
PAPA, TU ES LÀ ?
AAH !
CHÉRI, MONSIEUR HOJÔ EST VENU NOUS RENDRE VISITE.
HOJÔ ?

HOJÔ... TASHIRO...
NOUS SOMMES DÉSOLÉS ...
... DE VOUS DÉRANGER À VOTRE DOMICILE.
...
ILS SONT VENUS TOUT SPÉCIALEMENT POUR TE SALUER.
ILS ESPÈRENT QUE NOUS NOUS ENTENDRONS TOUS BIEN.
HEIN ?
DASH
C'EST PAS TOUT, PAPA !

EN QUEL HONNEUR ?
ELLES SONT MAGNIFIQUES !!
REGARDE TOUTES CES FLEURS : C'EST POUR MON ENTRÉE À LA GRANDE ÉCOLE !
QUEL BONHEUR, MONSIEUR ICHIZUKA... VOUS L'AVEZ PLACÉE DANS UNE ÉCOLE PRIVÉE DE RENOM.
J'AI SU QUE VOTRE FILLE AVAIT RÉUSSI SON EXAMEN D'ENTRÉE À L'ÉCOLE PRIMAIRE...*
* AU JAPON, IL Y A UN TEST POUR RENTRER EN PRIMAIRE.
MONSIEUR ISHIZUKA.
EUH... OUI...

TAM

MON MANQUE D'EXPÉRIENCE EST CRIANT ...
J'AI BESOIN DE VOS CONSEILS ET DE VOTRE INDULGENCE.
OH...

VROOOM
AH, C'ÉTAIT FORT AIMABLE DE SA PART...
IL A VRAIMENT L'AIR D'UNE PERSONNE BIEN...
UNE PERSONNE BIEN ?...
JIP
C'EST SÛR QU'IL SAIT Y FAIRE AVEC LES FEMMES...
LUCKY STRIKE

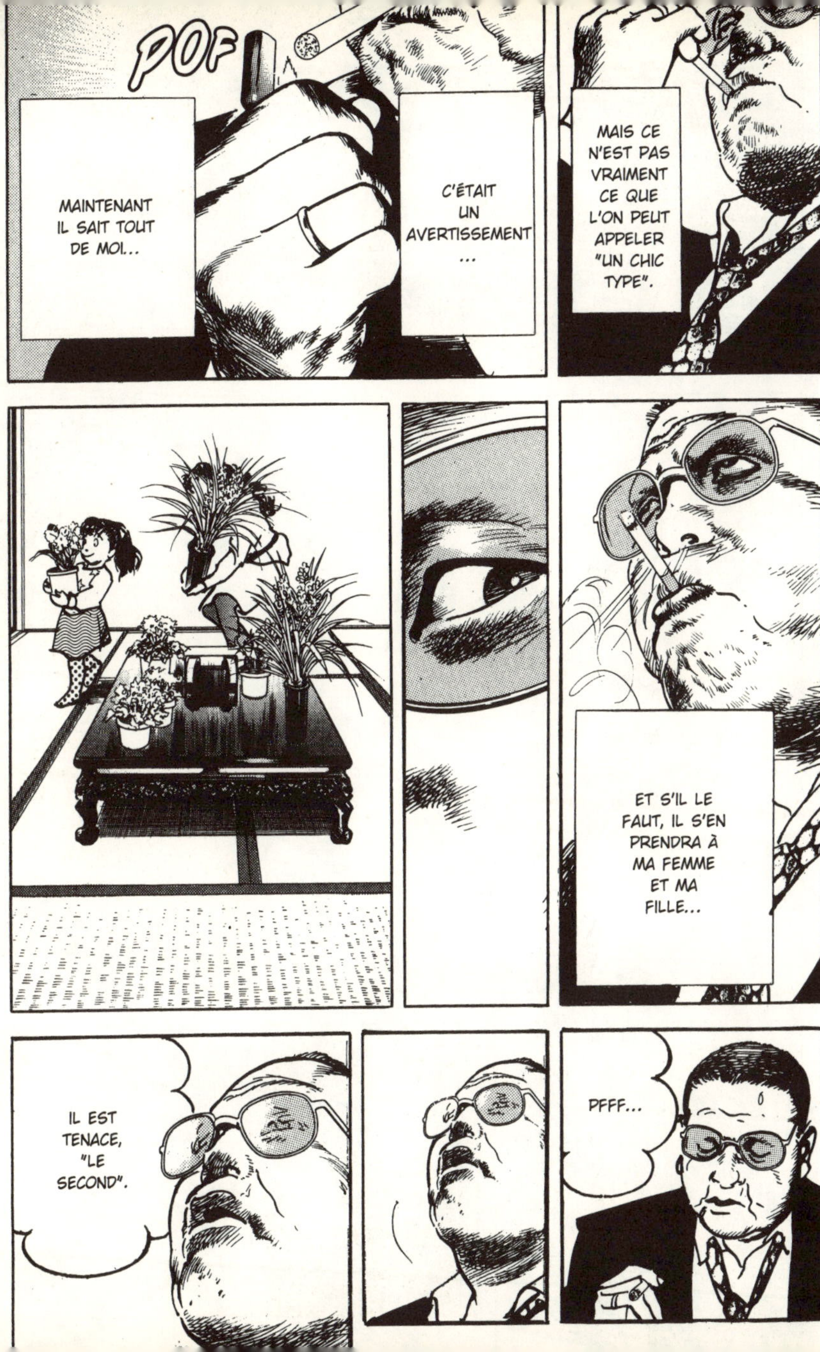
POF
MAINTENANT IL SAIT TOUT DE MOI...
C'ÉTAIT UN AVERTISSEMENT...
MAIS CE N'EST PAS VRAIMENT CE QUE L'ON PEUT APPELER "UN CHIC TYPE".
ET S'IL LE FAUT, IL S'EN PRENDRA À MA FEMME ET MA FILLE...
IL EST TENACE, "LE SECOND".
PFFF...

chapitre 18 : JAPON

PERUGIA

QU'EST-CE QU'ON PEUT BOIRE POUR ÇA ?
TOM

QUOI ? À ROPPONGI ?
OUI, DES TYPES QUI PUENT LE YAK À PLEIN NEZ. ILS SE FONT DE PLUS EN PLUS NOMBREUX DANS LES ENVIRONS.
ILS SONT VENUS POUR S'ASSURER DE LA SANTÉ DU CLAN SAGARA ...
BAH, C'ÉTAIT À PRÉVOIR, NON ?

AU MOINDRE SIGNE DE FAIBLESSE, ILS PASSERONT À L'ATTAQUE.
LE SECOND ...
IL VOUS FAUDRA RENCONTRER MONSIEUR SHIJIMA AU PLUS TÔT...
OUI...
C'EST MON INTENTION.
VRAOAM
ANA
全日空

QU'Y A-T-IL POUR VOTRE SERVICE ?
OH !
TU ME LAISSES T'ENFILER, JUSTE UNE FOIS ?

... VOUS L'AVEZ DÉJÀ RENCONTRÉ ?
AH LÀ LÀ...
BLAGUE À PART, JE SUIS QUAND MÊME PRÉOCCUPÉ.
VLAM
JE SUIS PAS LE GENRE DE TYPE QU'IL ACCEPTE DE RECEVOIR.
T'ES CON.
UN MOT DE LUI, ET JE VOIS BIEN DEUX KUMIS DÉSERTER ILLICO. IL EST ÉCOUTÉ DANS TOUS LES CLANS.
METS-TOI BIEN ÇA DANS LE CRÂNE...
MESSAGE REÇU !

SNIRF
HM ?
ATCHOUM
ATCHOUM
QUEL ENDROIT MERVEILLEUX !
JE SUIS DÉSOLÉ DE VOUS DÉRANGER.
HM ?

QUI ES-TU ?
JE SUIS AKIRA HOJÔ. J'AI ÉTÉ DÉSIGNÉ À LA SUCCESSION DU CLAN SAGARA.
JE SUIS VENU VOUS PRÉSENTER MES RESPECTS.
LE CLAN SAGARA ...
AH BON.
JE TE SOUHAITE BIEN DU COURAGE.
TOUT DOUX. TOUT DOUX.

...
BRRROUF
LE MONDE DES HOMMES ME FATIGUE.
UTILISER ET ÊTRE UTILISÉ.
AUTRE-FOIS...
J'AI TENTÉ AVEC TOUTE LA BONNE VOLONTÉ DU MONDE D'INSTRUIRE DES HOMMES ...
... DES HOMMES QUI POURRAIENT ÊTRE UTILES AU JAPON...
... EN VAIN...
C'EST UNE TÂCHE TRÈS ARDUE QUE CELLE DE FORMER DES HOMMES...
...

PASH
LES PUR-SANGS, COMME LES BÊTES LES PLUS ORDINAIRES, VONT TOUJOURS DE L'AVANT ET LEUR ABNÉGATION EST TOTALE.
PAR CONTRE LES CHEVAUX, C'EST DIFFÉRENT ...
POF
C'EST UNE GRANDE JOIE D'ÉLEVER DE TELS ANIMAUX...
QUEL OBJECTIF TE POSES-TU, À LA TÊTE DU CLAN ?
C'EST HOJÔ, TON NOM, TU AS DIT ?

JE VAIS RÉVEILLER CE PAYS QUI NE SAIT PLUS CRÉER D'HOMMES !

LE JAPON ?
HEIN ?
C'EST DONC CELA TON BUT ?

REVIENS ME VOIR QUAND TU VEUX, JEUNE HOMME !
JE VOUS REMERCIE !

VLAM
ON A PERDU LA TRACE DE CES TYPES DANS ROPPONGI.
ILS SE SONT RETIRÉS COMME LA MARÉE...
LIEUTE-NANT...
HOJÔ...
CE PETIT VOYAGE A EU DU SENS.
ASAMI...
C'EST À TOI DE JOUER, MAINTENANT.

551
DASH
QUEL BON VENT VOUS AMÈNE ...
... LES JEUNES DÉPUTÉS DU PARTI DÉMOCRATE LIBÉRAL ?
QUE ME VOULEZ-VOUS ?
ACCORDE-NOUS UN PEU DE TEMPS !
NOUS AVONS À TE PARLER !

MAIS QU'EST-CE QUE TU AS DANS LA TÊTE, ASAMI ?
LA LUTTE ENTRE LES CONSERVATEURS ET LES RÉFORMISTES EST ÂPRE. LE PARTI EST EN DIFFICULTÉ...
... ET C'EST CE MOMENT QUE TU CHOISIS POUR REJOINDRE L'OPPOSITION. C'EST HALLUCINANT !
TU N'AS AUCUNE DÉONTOLOGIE, EN TANT QU'HOMME POLITIQUE ?!
VOUS ÊTES LÀ SUR INJONCTION DU SECRÉTAIRE GÉNÉRAL ?
KONK
CE N'EST PAS ÇA QUI EST EN CAUSE !
ON VEUT TE FAIRE COMPRENDRE QUE TA MANŒUVRE EST UNE PURE FOLIE !
ES-TU VRAIMENT SÛR DE BIEN COMPRENDRE LE MÉTIER D'HOMME POLITIQUE ?

QU'ESPÈRES-TU RÉALISER ?
QU'EST-CE QUE TU CROIS GAGNER EN FAISANT DÉFECTION ?
LA POLITIQUE, C'EST LA FORCE ! LA FORCE ET LE NOMBRE !
CE QUE J'ESPÈRE RÉALISER ?
C'EST EN RESTANT AU PDL QUE TU POURRAS FAIRE DE LA POLITIQUE !
MAIS ÉCOUTEZ-VOUS !!
KLANG

ATTENDRE L'AUMÔNE DE VOTRE CHEF DE GROUPE ET DU SECRÉTAIRE DU PARTI...
DE QUELLES RÉALISATIONS POUVEZ-VOUS VOUS TARGUER ?
... VOUS TAIRE ET FAIRE DES COURBETTES DES ANNÉES DURANT, EN ESPÉRANT UN IMPROBABLE FAUTEUIL DE MINISTRE ?
HUNG...
OH !
HEIN ?
POURQUOI NE QUITTERIEZ-VOUS PAS LE PARTI AVEC MOI, TOUS ENSEMBLE ?

大蔵
MAIS JE VOUS PROPOSE QUELQUE CHOSE DE BIEN MIEUX ...
SOYONS FRANC, JE N'AI PAS L'ARGENT POUR M'ATTACHER VOS SERVICES...
PAF
大臣
...
法務大臣
GARDE DES SCEAUX
通産大臣
MINISTRE DE L'INDUSTRIE ET DU COMMERCE
外務大臣
MINISTRE DES AFFAIRES ÉTRANGÈRES
大蔵大臣
MINISTRE DES FINANCES

QUE...
PRENEZ CES PAPIERS.
JE VOUS DONNERAI LE POUVOIR QUE VOUS RÉCLAMEZ !
...
HA HA HA ...

HA HA HA HA HA HA

chapitre 19 : RÉFUGIÉS

SIÈGE DU PARTI SOCIAL DÉMOCRATE
PARTI SOCIAL DÉMOCRATE
党本部

AVANT CELA, J'AIMERAIS POSER UNE QUESTION AU CHEF DE LA COMMISSION.
VOUS AVEZ DONC RÉELLEMENT L'INTENTION DE REJOINDRE NOTRE PARTI ?
QUOI ?
AVEZ-VOUS RÉELLEMENT L'INTENTION DE PRENDRE LE POUVOIR ?
JE REMPLIRAI LES FORMULAIRES QUE VOUS VOUDREZ.
PARFAIT !!
ÉVIDEMMENT !!
...

PAK
VEUILLEZ ACCEPTER NOS EXCUSES.
OUI...
ON DIRAIT QUE VOUS AVEZ ÉCHOUÉ...

* UNIVERSITÉ DE TOKYO

VLAM
MONSIEUR ASAMI, N'EST-CE PAS ?
HM ?

DISTRICT DE ROPPONGI ...
DÉPARTEMENT DE POLICE. DISTRICT DE ROPPONGI.
KYOKO ISHIHARA
VOICI MA CARTE.
J'AI SU QUE VOTRE CERCLE SE RÉUNISSAIT AUJOURD'HUI. JE VOUS ATTENDAIS.
JE NE TOURNERAI PAS AUTOUR DU POT.
CONNAISSEZ-VOUS CET HOMME ? CELUI AU CENTRE...

* NDT : AÎNÉ DANS L'APPRENTISSAGE (ÉTUDES, SPORT, ARTISANAT ET, ÉVIDEMMENT, ARTS MARTIAUX)

PAM
YAAH !!

FWUSH
SBAAAM

TOUS EN KUMITE* MAINTENANT !
AÏE !
* ENTRAÎNEMENT PAR PAIRES
YAAAH !
YAAAAH !
YAAAAH !
YAAAAH !
YAAAAH !
C'ÉTAIT UNE RÉUNION DE VOTRE CERCLE D'ÉTUDES EN SCIENCES POLITIQUES ?
ÇA VOUS A SURPRIS ?
...

J'AI DU MAL À SUIVRE ...
QUELLE EST LA SIGNIFICATION DE TOUT CECI ?
YAAAH !
YAAAH !
LA POLITIQUE EST UN COMBAT.
"LORSQUE LA SOURIS HURLE DE TOUTES SES FORCES, POUR LE CHAT, CE N'EST QU'UN COUINEMENT ...
... LORSQUE LE CHAT FEULE DE TOUTES SES FORCES, POUR LE LION, CE N'EST QU'UN MIAULEMENT".

JE VEUX QUE CHACUN DE MES PARTENAIRES SOIT UN LION !
C'EST LE BUT PRINCIPAL DE NOTRE CERCLE POLITIQUE !!

DES LIONS ?
IL EST COMME LUI.
IL A LA MÊME AURA...
ON A RETROUVÉ LEUR PROFESSEUR DE LYCÉE.
MADAME LE COMMISSAIRE ADJOINT ...

C'EST ÉTRANGE...
RIEN N'A CHANGÉ DANS CETTE VILLE, ET POURTANT J'AI L'IMPRESSION QUE TOUT EST DIFFÉRENT.
C'EST PARCE QUE LA VILLE EST À VOUS, MAINTENANT.
FLOP
浜野歯科
3F

HÉ, TOI LÀ !
JETTE PAS TES ORDURES SUR LA CHAUSSÉE !!
KRIIIII
BRAAAM
CAMPION

SA TÊTE...
BWEURK ...

ナルド
バーガー
23階
客席
3K
シュリンプバーガ

MONSIEUR ...
TASHIRO ...
NOTRE BOSS A UN SANG-FROID HORS DU COMMUN !!

ILS REVENAIENT D'UN LONG SÉJOUR À L'ÉTRANGER.
C'ÉTAIT LA DERNIÈRE CLASSE DANS LAQUELLE J'AI ENSEIGNÉ.
OUI, JE M'EN SOUVIENS BIEN.
À L'ÉTRANGER ?!
JE L'AVAIS RETROUVÉE PAR HASARD EN FEUILLETANT UN MAGAZINE, UNE FOIS.
OUI... JE DOIS ENCORE AVOIR CETTE PHOTO.

LA VOILÀ.
LIVE
cherish most man spirit sensed therefore yourself caution one's courage
JE CROIS QUE C'EST CE NUMÉRO ...
REGARDEZ BIEN.

Imprimé en Belgique par SOFADI

À SUIVRE...